KB218231

"오늘도 고생했어요-!"

________ 님께 드립니다.

잡JOB
다多
한
컷

수행은 셀프

고생했어,
일하는 우리

잡JOB 다多한 컷

양경수
그림에세이

위즈덤하우스

INTRO

세상에는 많은 사람이 있고,

그들은 각자 다른 직업을 가지고 있다.

그 직업 안에서

어제도, 오늘도, 내일도…

반복되는 갈등과

수백 번의 인내를 하며

참고, 참고, 또 참고…

버티고, 버티고, 또 버티고…

소소한 꿈을 꾸고, 소소한 휴식을 즐기며

그렇게 하루하루를 살아간다.

내 얘기.

혹은 내 친구의 얘기.

혹은 내 친구의 동생 얘기.

혹은 내 친구의 동생의 친한 선배 얘기.

혹은 내 친구의 동생의 친한 선배의 군대 선임 얘기.

혹은 내 친구의 동생의 친한 선배의 군대 선임의 애인 얘기.

다르지만 같은, 같지만 다른 우리네 인생 얘기.

JOB多하지만 잡다하지 않은 우리들의 이야기가

지금 시작된다.

- 그림왕 양치기

차례

INTRO ______ 4

1 그냥, 회사 다녀요 10

"오늘도 조용히 숨만 쉬다 가게 해주세요"

2 매일 오는 산타 34

"실수 없이 하기 위해 쉴 새 없이 달리네"

3 사회복지, 삽니다 68

"힘이 다 할 때까지 다합니다"

4 환자보기를 돌봄같이 하라 100

"간호사의 간호는 누가 해주나요?"

5

사람, 소방관 134
"맞서 싸운 화마,
안고 사는 트라우마"

6

돈… 터치 미 174
"4시- 영업 끝, 업무 시작!"

7

돈워리, 비행해피! 206
"다리 저리고, 배고프지만
그래도 스마일-"

8

Hair, 지지 않아요 242
"손님 머린 깔끔,
내 손발은 따끔"

특별편
스물 패기 하나 278

OUTRO 297

1

그냥, 회사 다녀요

“오늘도 조용히
숨만 쉬다 가게 해주세요”

오늘도 조용히
숨만 쉬다 가게 해주세요
쌓여있는 업무탑에
소원을 빌어봐요

일하사업무탑

우린 한 배를 탄 거라네
이 선배만
따라와!
배멀미가 있으니
내릴게요
선 배멀미~

고무고무근무

오늘도 회피 바이러스.

재발하지마, 제발…

바보같이 행동하는 게
똑똑한 사회생활
자넨 바보처럼
늘 실실거리는구만
허허
실실
실처럼
가늘고 길게
가려구요

톡! 잡고 싶은 라인

열심히 일하니
보기 좋네
하하
내가 힘이
나는구먼
보기 좋게
자리로
가주세요
호호
그 힘으로
저리 가시라고요

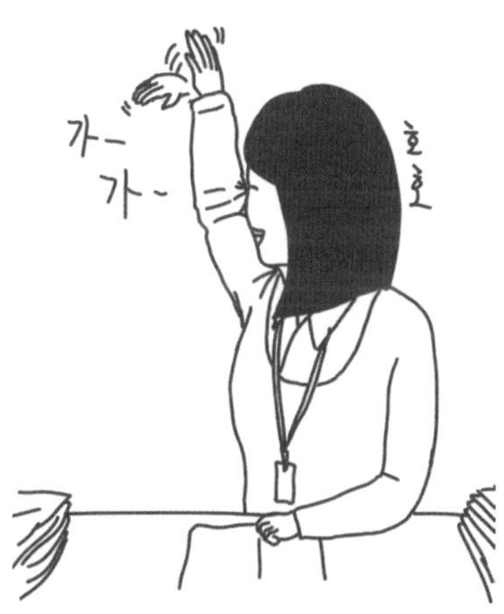

가가호호
:가니까 참 즐겁다

밥 먹기 위해 일하는데
일하느라 밥을 못 먹네.
굶고 짧은
내인생
꼬르륵

위장을 채우기 위한 직장

꿈은 쌓았는데
현실이 무너져가...
내려가는
방법을
안배웠어...
이런
쓰펙...

그냥,
회사
다녀요

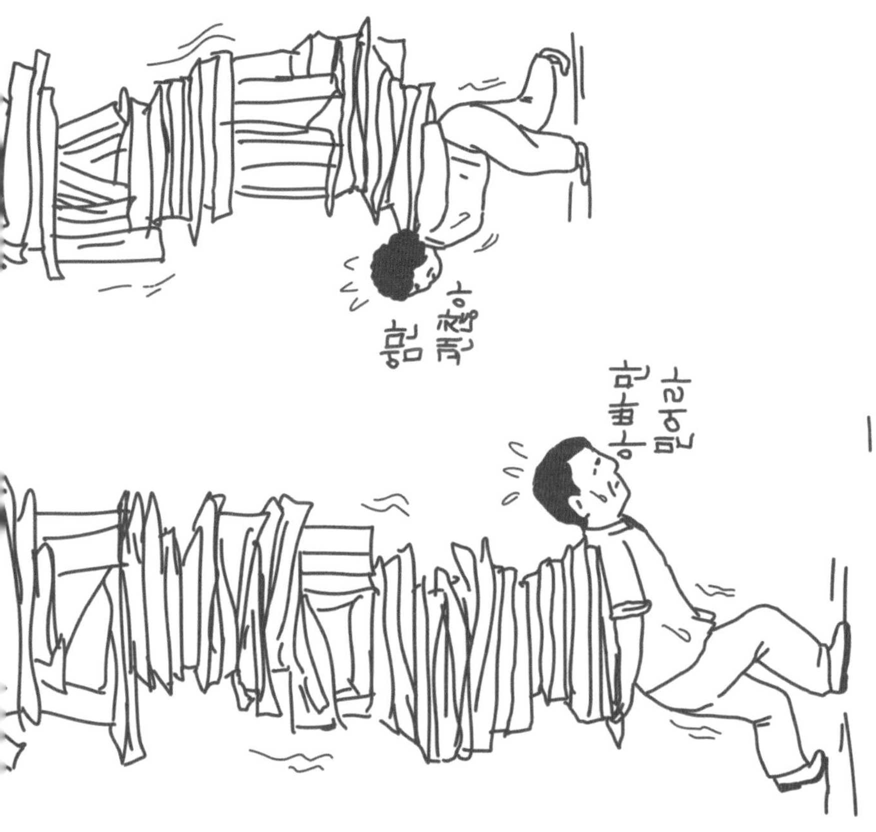

내 일이 좋았던 적 언제였나,
내일을 기다린 적 언제였나...
잔뜩 쌓인
이 일은
언제 끝나..
쌩

내일은 내 일의 태양이 뜬다

오늘이 피곤해 잠을 청해보지만
내일이 겨정돼 잠을 들 수 없네...
근심이 많아...
출근심...
야근심...

이중인격잠

무슨 일 하세요?
그냥 회사 다녀요
하하
저도 그냥
회사 다녀요
호호
힘내세요

무슨 일
하세요?

일하기 싫어증을 위한 소소한 치유제, 약치기그림

어느덧 30대 중반이 되어 직장 생활에 찌든 친구 녀석들을 보면서, 조그마한 위로라도 주고 싶은 마음에 그렸던 '약치기그림'. 《실어증입니다, 일하기 싫어증》이 출간되고 나서 많은 직장인에게 공감의 메시지를 받았다. 내 그림이 이렇게 많은 사람들의 공감을 이끌어낸다는 건 분명 즐거운 일이다. 그러나 한편으로는 '도대체 얼마나 힘들게 하루하루 버티면서 살아내고 있기에, 웃프다 못해 아프기까지 한 이야기들에 이렇게나 많은 공감을 보이는 걸까' 하는 생각을 하면 씁쓸한 일이기도 하다.

요즘 사람들은 워라밸이나 적게 벌더라도 즐겁게 사는 삶을 중요하게 느끼기 시작하며 직장에 대한 인식도 많이 달라졌다. 퇴사 관련 도서들도 연달아 나오는 등 직장인들 사이에서는 퇴사 열풍이 불어닥치기도 했다.

그러나 직장이 없으면 당장 월세며 생활비 걱정을 해야 하는 게 현실이니, 아무리 워라밸을, 욜로를 쫓고 싶어도, '더 이상은 못하겠다!'

며 아무리 다짐해도 월요일이면 또 다시 전쟁터로 나가는 사람들.
사회 분위기가 달라지고, 사람들의 가치관이 달라져도 여전히 매일 매일 잦은 야근에, 박봉에, 월요병에, 상사에게 치이고 일에 치이며 살고 있는 우리들.
회사원뿐만 아니라, 일하는 우리 모두는 각자의 최전선에서 하루하루 프로생업러의 삶을 이어가고 있다. 그래서 궁금해졌다. 다른 직업군의 삶에는 또 어떤 애환이 있을까?
'잠깐의 웃음을 주는 그림도 좋지만 이 기회에 다른 직업들의 애환을 그려보는 건 어떨까' 라는 생각으로 시작한 〈잡다한컷〉.
8개월간 만났던 몇몇 직업군의 애환들을 조금은 알아가는 기회가 되었으면 하는 바람으로 이야기를 시작해본다.

2

매일 오는 산타

“실수 없이 하기 위해
쉴 새 없이 달리네”

지친 나를 일으켜 세우는
맑고 고운 목소리
택배
왔습니다!!
앗싸뵹!
똑똑!
샤샷!
택배라는 이름의 산타

요기다 넣어주세연-!
산타-
산타-
아...
예..

택배 기사의 하루 1

■

주문서 배송 메시지란에
"기사님! 오늘도 화이팅하세요!"라는
응원 메시지 한번 적어보면 어떨까요?

■

택배가 곧 도착한다는 연락을 받으면 어린아이가 되는 사람들. 소풍날 아침을 기다리다가 전날 밤부터 잠못 이루는 아이처럼 배송이 시작됐다는 문자를 받는 순간부터 기다림에 가슴이 두근거린다. 산타할아버지가 선물 상자를 들고 찾아오길 기다리는 것처럼.

우리에게 그렇게 기쁨을 안겨주는 택배 하나를 배송하고 택배 기사가 벌어들이는 수익은 700~800원 가량.

"배송비 2,500~3,000원을 다 기사들이 갖는다고 생각하는 사람들이 많은데, 절대 아니에요. 그 비용은 대부분 물류비나 보험비 같은 걸로 빠져나가요. 건당 800원 정도 받는데, 거기서 유류비, 식대를 빼면 건당 500원 수준이죠."

택배 기사는 이런 적은 금액으로 티끌모아 태산을 이루는 직업이다.

"수수료가 적다 보니 목표치를 채워야 한다는 압박감에 밤늦게까지 일할 수밖에 없어요."

택배 기사들의 주당 평균 노동시간은 무려 74시간이다.

이들에게는 시간이 곧 돈이기 때문에 자잘하게 새는 시간을 막아야만 한다. 1, 2분 새는 시간을 막지 못했다가는 퇴근시간이 두세 시간은 그냥 늘어져 버린다.

이 시간을 아끼기 위해 택배 기사들은 초인이 된다. 한꺼번에 여러 개의 물건을 옮기는 건 물론이요, 2리터짜리 물 12개 들이를 양 어깨에 짊어지고 엘리베이터 없는 계단을 4층이고 5층이고 뛰어올라간다.

"하루에 채워야 할 물량이 너무 많다 보니까 벨 누르고 안에서 사람이 나오기까지의 시간조차 기다리기가 힘들어요. 그래서 사람이 나오는 듯한 기미가 보이면 문 앞에 물건을 내려놓고 바로 또 뛰어갈 수밖에 없어요."

"문 앞에 물건만 두고 쌩하니 사라진다고 어쩔 때는 다시 전화를 해서 왜 이렇게 불친절하냐며 화내는 사람도 있어요. 그 시간이라도 아껴야 그나마 밥시간이라도 챙기는 건데….”

“요즘은 세상이 흉흉해서인지 택배 기사한테도 문을 안 열어주잖아요. 그러면서도 문 앞에 두고 가면 ‘분실되면 어쩌려고 두고 갔느냐’라거나, 전화를 받지 않아서 경비실에 맡겨두면 밤늦게 전화해서 ‘왜 집까지 배송해주지 않느냐’는 등의 항의를 하는 분도 있어요. 그럴 때는 그나마 조금 남아 있던 기운마저 다 빠지는 거 같아요.”

게다가 어떤 아파트들은 택배 차량의 출입을 아예 입구에서부터 막고 집 앞까지 물건을 일일이 들고 오라는 말도 안 되는 요구를 하기도 한다.

하지만 정신없이 일하다가도 사람들이 물건을 받고 신나 하는 모습을 볼 때 혹은 따뜻하게 건네는 물 한잔에, “고맙다”는 말 한마디나 미소 하나에 그들의 마음은 얼었다 녹았다를 거듭한다.

하얗게 물든 거리를 나 지금 가고 있어요.
조금만 기다려줘요.
행복을 들고 어두운 새벽을 뚫고
희미해진 가로등을 지나요.
종이 위 빼곡히 쓰여 있는 그 소망을 이룰 수 있도록.
오늘이 지나면 받을 수 있어 네가 보낸 행복.
보여주고 싶어 행복에 빠져버린 내 표정
당신의 따뜻한 말 한마디가 지친 맘 녹이겠죠.
_임정희, 〈행복을 들고〉 중에서

새벽이슬 맞으며
하루를 맞이하네
모자 첵!
핸즈프리 첵!
슈트
장착중!
출동 준비 완료!

시작!

물류가 밀려온다
걱정이 몰려온다
하…
오늘도 쓰나미,
박쓰나미…

박!스웩!

피지 않아 요령
펴지지 않아 허리
허리 펼 시간에
hurry up!!
수 0830

허리 업! 허리 없...

실수 없이 하기 위해
쉴 새 없이 달리네
뻘- 뻘-
1분 1개 배송을 위해-!

계 단거리 선수

왜 이렇게
늦게 와요~?
아.. 죄송합니다
서두른다고 서둘렀는데...
기쁨을 가지고 왔는데
슬픔을 받고 가네...

기쁨 주고 상처받는…

벌컥 벌컥!
찬찬히 드세용-
호호
여유 한 잔
잔잔한 감동

잔잔한 하루

고객과 물건의 연결고리~!

소리 질러-!

텅 빈 트럭
꽉 찬 마음~!
보람찬
하루!

수고하셨어요, 오늘도

택배 기사의 하루 2

■

'적당히'란 없다
최선을 다하지 않으면 할 수 없는 일

■

택배 기사의 하루는 오전 7~8시경 상하차 작업과 함께 시작된다. 택배 물류센터에서 온 컨테이너 차량에 실린 물량들을 내린 다음 자신의 차에 적재하는 작업이다. 보통 한 컨테이너에 실려 오는 배송 물량은 대략 2,000개 가까이 된다고 한다. 이 물량들을 운반대로 옮겨 실은 다음, 운반대를 통해 내려온 물량을 각 구역 담당자들이 분배해 가져간다.

물량을 나눠서 챙기고 난 다음에는 각각의 물품들을 바코드로 찍는 작업을 한다. 이 작업을 거쳐야 택배의 위치를 확인할 수도 있고, 분실 대비도 가능하다. 이 작업들은 빠르면 오전 중에 끝이 나지만, 물량이 많을 경우에는 오후까지 넘어가기도 한다.
이제 물량을 배송할 차에 옮겨 실어야 하는데, 이 또한 요령이 필요하다.
"아무렇게나 실으면 일이 안 돼요. 그날 배달할 택배들의 주소를 파악한 다음에 동선을 먼저 짜야 돼요. 그다음 동선에 맞춰서 빨리빨리 꺼낼 수 있도록 자리를 맞춰서 쌓아야 돼요."
"건당 수수료를 받기 때문에 최대한 많이 싣는 것도 중요해요. 그러려면 크기에 맞춰서, 공간 활용을 잘 해서 실어야 하고요. 무너지거나 부서지면 안 되니까 물건 종류에 따라 파손되지 않게끔 싣는 요령이 필요해요."
"이 작업들을 최대한 빨리 끝내야 배송을 시작할 수 있는데, 간혹 포장이 부실하게 되어 있는 경우가 있어요. 그럴 때는 파손되지 않게 안전하게 포장해서 싣는데 그러다 보면 시간이 많이 지체돼요. 보낼 물건 포장을 조금만 더 신경 써서 해줘도 시간을 많이 절약할 수 있을 텐데…."
그나마 다행인 것은 한 지역을 오래 담당하다 보면 나름의 노하우가 생긴다. 그날 배송할 물건들의 주소를 한번 훑으면 가장 효율적으로 배송할 수 있는 동선이 머릿속에 자동으로 그려지는 것이다. 이러한 지리적인 요령뿐만 아니라 체력, 운전 센스까지 갖춰야 제대로 일할 수 있다.

오전 11시쯤 본격적인 배송을 시작하면 퇴근시간은 보통 밤 9~10시 사이이다. 하루 평균 12시간 넘게 일하는데, 그 시간 동안 배송하는 물량이 대략 150개 정도라고 한다. '몰짐'이라고 하는, 한 군데에 몇십 개씩 들어가는 물량이 있는 날에는 택배가 무려 300개가 넘기도 한다.

순수하게 배송에 들이는 시간은, 개인에 따라 다르기도 하지만 대략 6시간에서 8시간 정도 걸린다. 150개를 그 안에 다 배달하려면 한 시간에 20~25개, 개당 배송시간이 3분이다.

"3분도 길어요. 보통 차에서 물건을 내려서 배달을 완료할 때까지 하나당 1분으로 계획을 잡아야 돼요."

날아다니는 것만이 답이다.

배송이 끝난다고 끝이 아니다. 복귀해서 송장을 정리하고, 배송 중 챙긴 반품이나 보내는 택배들을 컨테이너에 싣고 나야 비로소 끝이 난다. 택배 기사의 하루는 이다지도 길다.

그렇게 고단한 하루를 누군가는 빈 트럭을 보며 달래고, 누군가는 낮에 만난 고마운 사람들의 인사나 미소로, 또 누군가는 가족이나 사랑

하는 사람 생각으로 달랠 것이다. 우리들 모두가 그러는 것처럼 말이다.

"조금이라도 많은 물량을 소화하려고
대충 때우거나 그냥 건너뛴 끼니로 인한 허기는
늦은 밤이 돼서야 해결할 수 있어요.
그래도 하루 종일 바쁘게
뛰어 다니고 집에 돌아오면
몸은 뻐근해도 기분은 참 개운해요."

당신에게 택배 기사는 어떤 사람인가요?

일상생활에서 우리가 가장 많이 신세 지는 사람이 있다면, 그중 한 사람이 바로 택배 기사가 아닐까. 택배 기사는 일상에서 우리와 가장 가까이 스치는 사람이다. 비록 하루 중 아주 짧은 시간만을 공유할 뿐이지만, 내가 일부러 찾아가서 만나는 사람이 아니라 나를 찾아오는 사람이기도 하다. 예전에는 이렇게 집 앞까지 도달하는 반가운 것이 누군가의 소식을 담은 편지였다면 인터넷으로 다른 사람들의 소식을 손쉽게 접하는 지금은 내가 산 물건들로 그 설렘의 대상은 바뀌었다. 그래서인지 편지를 전해주는 우체부 아저씨들은 볼 일이 많이 줄었고 반가운 소식을 가지고 오는 역할을 이제는 택배 기사들이 맡고 있다. 배송조회를 해보며 '언제 도착할까' 기다리게 만드는, 설렘이 가득 담긴 물건을 전달해주는 기사님들. 그들에게는 또 어떠한 사연이 있을지, 무거운 박스를 짊어지고 계단을 오르는 것 이상의 많은 이야기가 그들 안에 있을 거라는 생각이 들었다.
어떤 일이든지 그늘이 없을 순 없듯 택배 기사들의 고충 역시 너무나 무거웠다. 게다가 인터뷰를 통해 들어본 이분들의 고충은 단순히 일의 양 때문이 아니었다.

우리는 대형 택배 회사와 거래를 한다고 생각하지만, 정작 택배 회사의 상호를 달고 움직이는 택배 기사들의 70~80퍼센트가 지입 택배 기사, 즉 자영업자라고 한다. 운수 회사의 명의로 된 개인 소유의 차량으로 영업을 다니는 것이다. 이들 택배 기사는 본사 산하 대리점에 개인사업자로 고용되어 있다. 그래서 이들을 특수고용인이라고 부른다. 특수고용인인 택배 기사들은 개인사업자이기 때문에 4대보험에도 가입되어 있지 않다. 차량관리비와 유류비, 통신비, 어느 것 하나 지원받지 못하고, 어떠한 보호도 받지 못하고 각자의 돈으로 해결한다. 하루 12시간씩 계속 움직이는 일이다 보니 작업복은 기본이고 특히나 신발과 양말이 남아나질 않는다고 한다. 특히 장갑은 문을 하도 많이 두드려서 가운데 손가락만 닳는다고 한다.

택배 기사들을 더더욱 속상하게 하는 것은 오전 상하차 작업에 대해서는 별도 비용이 잡히지 않는다는 점이다. 그래서 택배 기사들은 이 작업을 무상 노동이라고 하지만 택배 회사들은 건당 700원 하는 배송 비용 안에 상하차 작업 비용까지 다 포함되어 있다고 주장한다.

더 심각한 고충은 택배가 분실되거나 파손, 변질 등의 문제가 발생해도 택배 기사들이 책임을 져야 한다는 것이다. 더 많은 물량을 소화하기 위해 아무리 하루 종일 뛰어다녀도 문 앞에 놓고 간 물건을 수령인이 챙겨가지 않거나 차 안에 있는 물건을 누군가 훔쳐가 버리는 일이라도 생기면 하루 일당이 모두 물거품이 된다. 부재중이니 문 앞에 놓고 가 달라는 수령인의 부탁에 놓고 간들, 그것이 분실되면 결국 택배 기사의 탓이 되는 경우가 부지기수다. 아파서도 안 되고, 경조사가 일어나서도 안 되고, 수수료는 계속 깎여 일을 줄일 수도 없고…. 적어도 최소한의 생계 기반은 유지할 수 있어야 주말이라도, 아니 단 하루라도 마음 편히 쉬는 날이 있을 텐데, 악순환만 계속 이어지고 있다.

건당 단가로 돈을 벌기 때문에 엄밀히 따져보면 택배 기사들은 일당을 받고 일하는 것이나 다름 없다. 그러나 택배 기사들이 단 하루도 쉬기 어려운 것은 비단 그 때문만은 아니다. 우리나라는 하루에 평균 1인당 1.3개의 택배를 받을 정도로 배송 물량이 많은 데다가 익일 배송을 넘어 당일 배송까지 홍보하고 있으니 물량이 한 번 밀리기만 해도 감당하기 어려울 정도로 쌓여 버리는 탓이 크다. 우리가 '누군가의 업무이니까'라고 당연하게 여기던 당일 배송, 총알 배송에 대해서도 한 번쯤 그 필요성에 대해 생각해볼 필요가 있지 않을까?

상황이 이렇다 보니 택배 기사는 경조사가 생겨도 선뜻 쉬기가 어렵다. 몸이 아파도 마찬가지다. 어느 택배 기사는 5년 동안 일하면서

단 하루 쉬었다고 할 정도다. 그렇게 일해서 통장에 들어오는 돈은 월평균 250만 원 정도. 그러나 앞서 언급한 유류비며 통신비며 각종 비용을 빼고 나면 하루 12시간에서 14시간씩 일해 얻는 실소득은 150만 원 정도라고 한다. 그들에게 시간은 곧 돈이라는 말이 괜히 나오는 게 아니다.

물론 상황이 녹록치는 않지만 택배 기사들은 "일한 만큼 수익이 생기고, 땀 흘리는 만큼 수익이 눈에 바로 바로 보이는 것이 이 일의 매력"이라고 말한다. 일을 마치고 깨끗하게 비워진 화물칸을 보면 '오늘 하루도 잘 넘겼다'는 생각과 함께 개운하게 밀려오는 뿌듯함이 또 다가올 하루를 버티게 해준다고 한다.

물론 보람만으로 버틸 수 없는 게 일이라지만, 반대로 돈만 생각하고 버틸 수 없는 것 또한 일이다. 사소한 듯해도 감사하다며 음료수나 간식을 건네주는 분들의 마음이 전해질 때 그것만으로도 고달픈 하루를 참고 견뎌내는 든든한 버팀목이 되어준다고 한다.

〈매일 오는 산타〉 편이 공개되었을 때, "나도 오늘 택배받으면 음료수 한잔 내드려야겠다"는 댓글이 많았다. 따뜻하게 번지는 동참의 기운이 동화처럼 느껴졌다. 비록 작은 움직임이라지만, 봄도 꽃 한 송이가 피어나면서부터 시작되지 않던가.

하루에 배송해야 할 물량이 최소 100개 이상이에요.
저희는 퀵서비스가 아니에요.
원하는 시간에 맞춰서 배송하는 건
힘들다는 점을 알아주시면 좋겠습니다.

요즘 현관문을 열어주는 게 무서워서인지,
집에 있어도 경비실에 맡겨달라는 사람이 많아요.
그런데 경비 아저씨들도 참 힘드시겠더라고요.
경비실이 택배로 가득 차면 쉴 공간도 부족해지고,
새벽에 자고 있을 때 와서 문 두드리며
택배 찾아가는 사람들도 많다고 하네요.
도난이나 분실 사건도 발생하니 계속 신경이 쓰이나봐요.
택배 찾으실 때 경비 아저씨께
감사 인사 한 마디씩 해주시면 좋을 것 같아요.

배송 수수료가 저희 월급입니다.
착불인 경우 부재중이니 계좌로 입금해주겠다는 경우가 많은데,
열 번도 넘게 문자 보내고 전화해야 보내주는 분들이 너무 많아요.
결국 못 받는 경우도 많고요.
착불 배송비 좀 제때 보내주면 좋겠어요.

반말로 문자 보내는 분, 잠깐 들어와서
힘쓰는 일 좀 도와 달라는 분…
답답하거나 욱할 때가 많지만 꾹 참는 수밖에 없어요.
항의 전화가 들어오면 벌금을 내야 되거든요.
늘 죄송하다는 말을 입에 달고 살아요.

최근 '차 없는 아파트' 만들겠다고,
택배 차량 진입을 못하게 하는 곳들이 있어요.
입구에 차를 세우고 일일이 각 동마다 왔다갔다 하려면
정말 너무 힘이 듭니다.
시간도 더 지체되니 더 빨리 뛸 수밖에 없어요.
땀 때문에 물건이 젖을 때가 있는데,
그럼 고객들이 항의 전화를 하기도 하고요.

"어제 주문했는데 왜 아직도 안오느냐"는
전화 진짜 많이 받습니다.
조금이라도 빨리, 많이 배송하고 싶은 마음은
택배 기사들 누구나 마찬가지입니다.
그러니 조금만 여유 있게 기다려줄 수 없을까요?

아침마다 그날 배송해야 할 수백 개의
물량을 보면 한숨이 나오기도 하지만,
그 물건 하나하나가 제 밥벌이가 된다는 생각에
예뻐 보일 때도 있어요.

자기 위치에서 모두 다 열심히 일하고 있으니,
서로가 조금씩만 배려하며 예의를 지키면 좋겠어요.
그게 사람 사는 거 아닐까요?
조금만 더 친절하게, 명령이 아닌 부탁으로 대하면 어떨까요?

3

사회복지, 삽니다

“힘이 다 할 때까지
다합니다”

사회복지사면... 자원봉사죠?

아니요. 전문직인 걸요

아~ 착한 일 하시네요~

이 세상에 어디 나쁜 일 있나요 뭐

호호~

봉사 아닌 종사

좋은 일에 처우도 좋아지길

사회복지사의 하루 1

■

사명감이라는 단어가
그리 달갑지 않은 그들

■

사회복지사들의 마음을 싸늘하게 만드는 말, 그럼에도 실제로 엄청 많이 듣는다는 말, "좋은 일 하시네요".
좋은 일 한다는 말에 딱히 악의가 담겨 있지 않다는 건 그들도 안다. 그러나 저 말을 꺼내는 사람의 머릿속에는 사회복지사가 직업이 아닌 자원봉사쯤으로 인식돼 있다는 걸 알기에 좋게 들리지 않는다.
사회복지사들의 일을 '좋은 일'이라고 부르는 이유가 무엇일까? 사회복지사들이 하는 일을 떠올려봤을 때 장애인이나 노인들의 거주지를 방문해 같이 시간을 보내준다거나, 어려운 사람들에게 먹을 것이나 생활용품을 가져다주는 모습이 쉽게 떠오르기 때문일 거다. 흔히 '봉사활동'으로 인식되어 있는 일들.

실제 사회복지사들이 토로하는 가장 큰 고충 중 하나는 현장에서 업무 영역을 넘어서는 것들까지도 요구받는 경우가 많다는 점이다.

"간식부름은 기본이고 명절 음식 준비해달라는 말을 듣기도 했어요. 이 직업에 대해 잘못 알고 있는 사람들이 정말 많구나 싶었죠."

세상에 공짜 노동은 없다. 그럼에도 사회복지사에게는 유독 '좋은 일 하면서 돈을 따지냐'는 등 직업으로서의 기본 권리마저 훼손시키는 오해와 편견들이 존재한다. 그런 편견들로 사회복지사들은 '헌신', '희생'을 강요받으며 속앓이를 한다. 사회복지사는 긴 시간 공부해서 전문 자격증까지 취득한 전문가들이다. 이들의 전문성이 '봉사'라는 이름으로 평가절하되어서는 안 될 일이다.

"돈 받고 하는 일이라는 게, 돈을 안 주면 남을 도울 이유도 없다는 게 아니에요. 전문직 종사자인 만큼, 자원봉사자가 아니라 직업인이라는 점을 알아 달라는 거예요."

네, 얼신-
이따 찾아 뵐게요
네- 후원땜에
연락드렸어요
하하-
지도에 없는
집이네...
바
바
빰
빰!
상쾌한 아침,
상쾌한 업무폭격

추가인력소환술술술술술술

어, 엄마, 나중에 전화할게

건강하세요
어머님—

하하

허허

아이고 고마워요—

이런 딸 있으면
얼마나
좋을꼬...

내 가정 돌보기 힘든
바쁜 가정의 달

과정의 달

가득 찬 후원물품~
그리고 긴장해지는 신체
깡~
깡~
무게가 늘수록
가득 차는 마음

뜻밖의 레벨업

자동차 못 가는 곳 있어도,
복지사 못 가는 곳 없다!
뻘-
뻘-
씩씩
네비보다 정확한
내 삘!!

빨쏘돗

적극 검토해보겠습니다
여러분이 더 열심히해주세요

노력해서
예산 확보해 보겠습니다

'늘 뻔한 이야기'

'검토만 백만번째'

'회의적인 회의시간'

'아...
결국 안된다는 거네?
또 시간낭비...'

'우린 늘 열심히인걸'

답은 늘 정해져있는 정체모를 정책회의

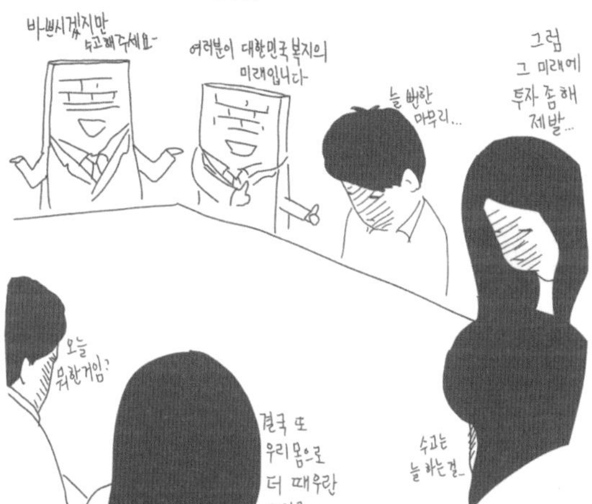
그럼 다음회의때 다시 논의하겠습니다!
바쁘시겠지만 수고해주세요~
여러분이 대한민국 복지의 미래입니다
늘 뻔한 마무리...
그럼 그 미래에 투자 좀 해 제발...
오늘 뭐한거임?
결국 또 우리 몸으로 더 때우란 소리군...
수고는 늘 하는걸_

회의rock

고마워요
김선생-

선생님 짱짱!

도와주셔서
감사합니다
선생님-

덕분에 저도 힘나는걸요

조금 낮은 곳에서 좀더 나은 곳으로

나아지길…

그래서,
사회복지사는
무슨 일을 합니...ㄲ

아...

일하는 중이니
이따가...

응?.. 에?

띠리리링~

힘이 다할 때까지
다 합니다

만능 엔터테이너

야~야~야
내 나이가 어때서~
까르르~ 하
하
덩실~
홀
홀
덩실~
오예~!
그대의 연예인이 되어~
항상 즐겁게 해 줄게요~

복지(福祉)
:행복한 삶

사회복지사의 하루 2

■

내 삶을 우선으로 두고
일할 수 있다면…

■

여느 직업군과 달리 사회복지사의 하루는 규정짓기 어렵다. 그들이 담당하는 '사회복지' 영역이 워낙 광범위한 분야에 걸쳐 있어서다. "교육, 문화, 의료, 노동 등 다루지 않는 분야가 없어요. 대상자도 노인, 장애인, 저연령층부터 빈곤층까지 전 연령층, 각계각층이에요." 사회복지사의 일터만 봐도 알 만하다. 지역사회복지관, 노인복지관, 장애인복지관, 공부방, 여성회관, 청소년수련관, 주간보호센터, 자원봉사센터, 부랑인복지시설, 아동복지시설, 정신요양시설, 모자복지시설, 정신보건센터, 모금 단체 및 지원 단체 등 그야말로 사람 손이 필요한 곳이라면 어디든 다 관련되어 있다고 볼 수 있다. 이는 인간의 행복을 위해 필요한 조건들이 그만큼 많다는 뜻이기도 하다.

세부적으로 한번 들여다보자. 사회복지사의 업무로는 우선 장애인이나 거동이 불편한 노인의 생활을 면대면으로 해결해주는 일이 있다.

"집 청소부터 밥 먹이기, 이발, 목욕까지… 생활 전반을 책임지고 재활 훈련도 뒷받침해줍니다. 장애인의 경우 한 사람 한 사람 장애 증상별로 케어해줘야 하고요."

수급권자 관리 또한 이들의 중요한 업무 중 하나다.

"기초생활수급자나 저소득층을 대상으로 식료품을 지원하거나, 후원 물품을 나눠주는 일이에요."

이 업무에는 또 다른 고충이 따른다. 들어오는 후원 물량이 제한되어 있는 만큼 모두에게 나누어줄 수가 없음에도, 선정에서 탈락된 사람들이 불만을 갖고 항의를 해오기 때문이다.

"복지사들이 선정하는 게 아니에요. 정해진 제도에 따라 선정이 이뤄져요. 선정 조건에는 연령이나 소득 같은 기준이 있어요."

"선정되지 않은 분들에게 하나하나 설명하고, 이해시키고, 달래주는 것 또한 복지사들의 숙제입니다."

서류작업 역시 빼놓을 수 없다. 거의 공무원에 준하는 서류작업에 임해야 하는 것은 물론이요, 민원 내용에 '복지'라는 말만 들어가도 모두 사회복지사들에게 넘어오기 때문에 일이 끊이지 않는다.

"부족한 운영비를 충당하려고 외부사업을 지원하기라도 하면 기본 업무 외 서류작업은 배로 늘어나요. 페이퍼를 위한 페이퍼를 작성하는 경우가 엄청 많죠."

그나마 겉으로 드러나 사람들이 이해하기 쉬울 만한 일부의 업무만 정리해도 이렇게 엄청난 양의 일을, 복지사들은 '힘이 다할 때까지 한다'는 생각으로 임하고 있다.

"외근 업무와 내근 업무를 동시에 진행하면서
친절도 해야 하고, 각종 민원도 해결해야 하죠.
또 체력소모가 크다 보니 체력단련도 필수예요.
정말 안 하는 거 없이 다 합니다.
아직은 이 일에 대한 열정이 많아서
해낼 수 있는 거 같아요."

당신에게 사회복지사는 어떤 사람인가요?

사회복지사들을 인터뷰하면서 가장 많이 들었던 생각은, '나보다 남을 생각하는 삶'이었다. 복지사로 일하면서 겪게 되는 많은 난관을 견뎌낼 수 있는 힘 역시 남이 힘든 걸 보면 지나치지 못하고 불합리한 상황을 그냥 지나치지 못하는 성향 때문이 아닐까.

정책 입안자들이 지원금을 낮추고, 실질적인 정책 변화에 소극적이어도, 하루에도 몇 통씩 걸려오는 민원 전화, 서류 더미와 씨름하며 가늠할 수 없는 양의 업무를 하나하나 다 조율해서 해결한다. 복지사로서의 철학과 믿음을 지키기 위해 몸이 고달픈 것도 견디고, 꼭 해야 할 일을 하고자 노력한다. 돈만 바라보고서는 견딜 수 없는 일을 척척해내는 힘을 그것 외에 무엇으로 달리 설명할 수 있을까.

사회복지사들은 정답이 없는 일에 임하고 있다. 사람마다 처한 불균형의 형태와 수준, 양상은 천차만별로 다르다. 사회복지사는 이러한 사람들을 만나서 한 사람 한 사람의 목소리에 귀를 기울이고, 그들 각자의 사정에 맞춰 조정 작업에 들어간다. 사회복지사들이 하는 일에 범주가 없는 것은 이 때문이다. 주체적인 판단과 실행이 필요한 만큼 전문성은 필수다. 정책, 행정, 법적인 지식을 갖추어야만 각 상황에 맞는 서비스를 제공할 수 있다. 또한 임상학과 통계학과 관련된 전문 지식도 갖추고 있어야 한다.

그렇다면 이들이 감내해야 하는 일의 강도는 얼마나 높을까?

사회복지사는 불과 얼마 전까지만 해도 특례업종으로 분류되었다. 특별히 예외적으로, 법에서 이들의 연장근무를 허용해왔다. 그만큼 업무량이 많다는 점이 인정되는 데도 불구하고 그에 따른 보상은 제대로 이뤄지고 있지 않았다.

다행히도 최근 사회복지사업이 특례 업종에서 제외되는 등 처우개선 문제가 조금씩 나아지고는 있지만, 여전히 사회복지사에 대한 복지는 미비한 수준이다.

게다가 '복지'라는 말이 들어가는 전 영역이 업무 대상이다 보니 공무원에 준하는 행정 업무에 시달리기도 한다. 민원으로 시작해 민원으로 끝난다며 힘들어 하는 사회복지사들도 부지기수다. 내 · 외근을 가리지 않는 강도 높은 노동량과 박봉에 시달리는 사회복지사들이야말로 복지의 사각지대에 놓여 있는 셈이다.

이런 복지사들을 더욱 힘들게 만드는 것이 바로, 그들의 일을 '봉사'로 인식하는 사람들의 태도다. 각종 사소한 민원 전화부터, "지원을 왜 이것밖에 해주지 않느냐"며 퍼붓는 욕설, 이런 와중에 임금 인상을 요구하면 불온한 사람으로 낙인찍히는 경우도 생긴다.

이렇게나 많은 사안들에 손을 뻗치고 있음에도 우리는 정작 주변에서 사회복지사들을 쉽게 만나기 어렵다. 택배 기사나 간호사, 은행원과는 달리 우리의 일상과 교점이 적은 탓이다. 그들이 어떤 일을 하는지에 대해 사람들이 제대로 알지 못하는 이유도 이와 크게 다르지 않을 것이다.

우리가 주변에서 접하는 사회복지사에 대한 이야기라면 보람 있는 일이라는 것 내지는 자격증 이수를 위한 온갖 취업 정보들이다. 수많은 일자리들 중의 하나로만 나타난다. 누구나 살면서 언제 갑자기 처할지 모르는 불행한 상황을 대비해주는 이들에 대해 우리의 시선은 너무 동떨어져 있는 게 아닐까.

한편 사회복지사들은 하고 싶은 일과 해야 할 일 사이에서 늘 갈등을 겪는다. 복지 관련 프로그램 하나를 진행하고자 할 때도 늘 비용 문제나 시간적 제한에 부딪혀 제 아무리 좋은 취지의 프로그램 기획이라도 끝까지 추진하기 어려운 경우가 많다. 복지 향상을 위한 일들이 금전적인 문제나 과중한 업무로 발목을 잡힌다면 이것은 결국 한 개인 내지는 한 직종의 문제를 넘어 우리 사회 전체의 불이익이 아닐 수 없다.

'복지.' '복(福)'은 물질적 행복을, '지(祉)'는 정신적 행복을 의미한다. 어려운 사람을 돕는다기보다 그 이전에 모든 사람들이 물질적이고 정신적인 행복의 수준을 공평하게 누리게끔 하는 게 바로 복지다. 사람답게, 행복하게 살 수 있도록, 그래서 사회가 전체적으로 잘 돌아갈 수 있도록 해주는 게 복지다. 그러니 사회복지사들은 힘든 사람을 도와주는 사람이 아닌 사회구성원들의 행복한 삶을 같이 만들어가는 사람이라고 할 수 있다.

기본적인 복지가 잘 되어 있으면 불평등한 상황에 놓이거나 불이익을 당했을 때 무너지지 않고, 다시 삶이 일정한 궤도로 올라설 수 있다. 여전히 우리 주변에 힘들고 불행하다고 느끼는 사람들이 많다는 건 기본 복지가 잘 되어 있지 않다는 방증이 아닐까? 기본 복지가 잘 갖추어져 기본적인 삶을 모두가 영유할 수 있게 해야 한다. 그러기 위해서는 복지사의 삶에서도 기본적인 것들을 영유할 수 있게 해줘야 하지 않을까?

낮은 곳이 더 나은 곳이 되도록 하기 위해, 더 많은 사람들이 좀 더 동등하게 행복을 느끼게 하기 위해, 어렵고 힘들어도 복지사들은 '슈퍼 피플'이 되어 달린다. 우리와 함께 살아가고 있음에도 미처 인식하지 못하는 어려운 처지에 놓인 사람들의 삶을, 잘 드러나지 않는 곳에서 지켜내고 있는 사람들. 이들이 바로 사회복지사다.

사회복지사라고하면 '좋은 일 하시네요'라는 말이 돌아오는 세상.
좋은 일을 하면서 더 나은 세상을 만들기 위해 노력하지만,
왜 정작 내 지갑 사정은 점점 더 나빠지는 걸까?

일하는 사람이 즐거워야 그 서비스를 받는 사람도 즐겁지 않을까요?
좀 더 즐겁게 일할 수 있도록
복지사에 대한 복지가 잘 이뤄지면 좋겠습니다.

사회복지사가 만능은 아니잖아요? 우리는 맥가이버가 아니에요.
'뭐든 다 해야 한다', '뭐든 다 할 수 있다'라고
생각하지 말아줬으면 좋겠어요.
우리도 하나의 직업으로 사회복지사를 선택한 것뿐이에요.
내 삶을 최우선으로 두고 사회복지사로 일할 수 있다면 좋겠어요.

이 사람 만날 때는 나무아비타불! 저 사람 만날 때는 아멘!
나의 종교, 정체성은 무엇인가?
언제 어디서나 밝은 모습으로 모두에게 친절한 카멜레온….

친구들아 내 업무가 후원이라서 너한테 후원해달라고 할까봐 겁나니?
나도 너희가 그렇게 생각하는 게 눈에 보여서 말을 못 꺼내겠어.
근데 내가 말을 안 꺼내면 내 목이 여기 제대로 붙어 있을지 걱정이다.
사회복지는 여전히 우리 사이에서만 맴돌고 있구나….

'착한 일' 과 '좋은 일' 맞다.
하지만 전문직으로 보지는 않는다.
현장에서 생생한 지역사회를 만나면서 소통하는 직업인데
다른 사람들 눈에는 아직도 여전히 그냥 '착한 사람'이다.

가끔 뉴스에서 사회복지 분야 종사자들의
인권유린 범죄가 보도되고는 한다.
너무나도 잘못된 일이기에 같은 분야에서 일하는
사람으로서 부끄러운 마음이 들고,
하루 빨리 개선되었으면 하는 마음을 갖게 되지만,
한편으로는 보이지 않는 곳에서 숱하게 인권을
침해당하고 있는 사회복지 종사자들에 대해서는
언제쯤 인식과 처우가 개선될 것인지 씁쓸한 생각도 든다.

하나의 직업을 수행하는 데 사명감이 필요하다는 것은 그 직업에
특별한 가치를 부여해주는 수식어가 되기도 하지만 한편으로는
그 고상한 미명 하에 일종의 희생을 강요하는 측면도 있다.
그래서 나처럼 특별한 사명감보다는 단지 직업으로
사회복지를 선택한 사람들은 직업에 따라붙는 수식어가
그리 달갑지만은 않다. 사회복지는 원래 그런 것이라며 종사자들의
희생을 요구하기보다는 체계화된 시스템을 갖추고
업무에 대한 전문성으로 사회복지를 평가하는 사회적 분위기가
조성돼야 국민들이 제공받는 서비스도 좀 더 개선될 수 있지 않을까?

환자보기를 돌봄같이 하라

간호사의 간호는
누가 해주나요?
김환타

카트 라이더 출발-!
낑차!
낑차!
오늘도
안전운전-

칼아일체

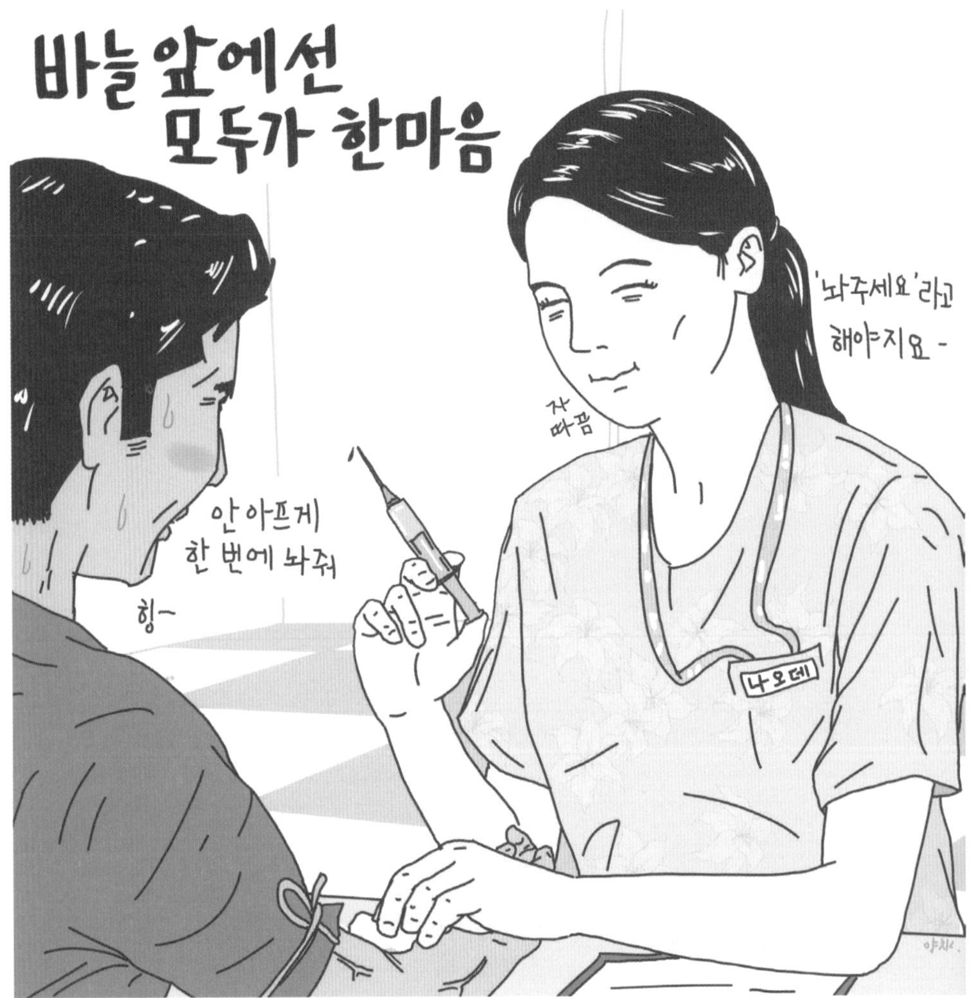
바늘 앞에선
모두가 한마음
안 아프게
한 번에 놔줘
힝~
자
따끔
'놔주세요'라고
해야지요~
나오데

따끔주의보

간호사의 간호는
누가 해주나요.
검진은
셀프
김환타

간호도 셀프

마음은 급하고,
내 몸은 하나고...
안절
부절
으아... 인계시간이 다가온다...
탁!탁!탁!

손은 눈보다 빠르다

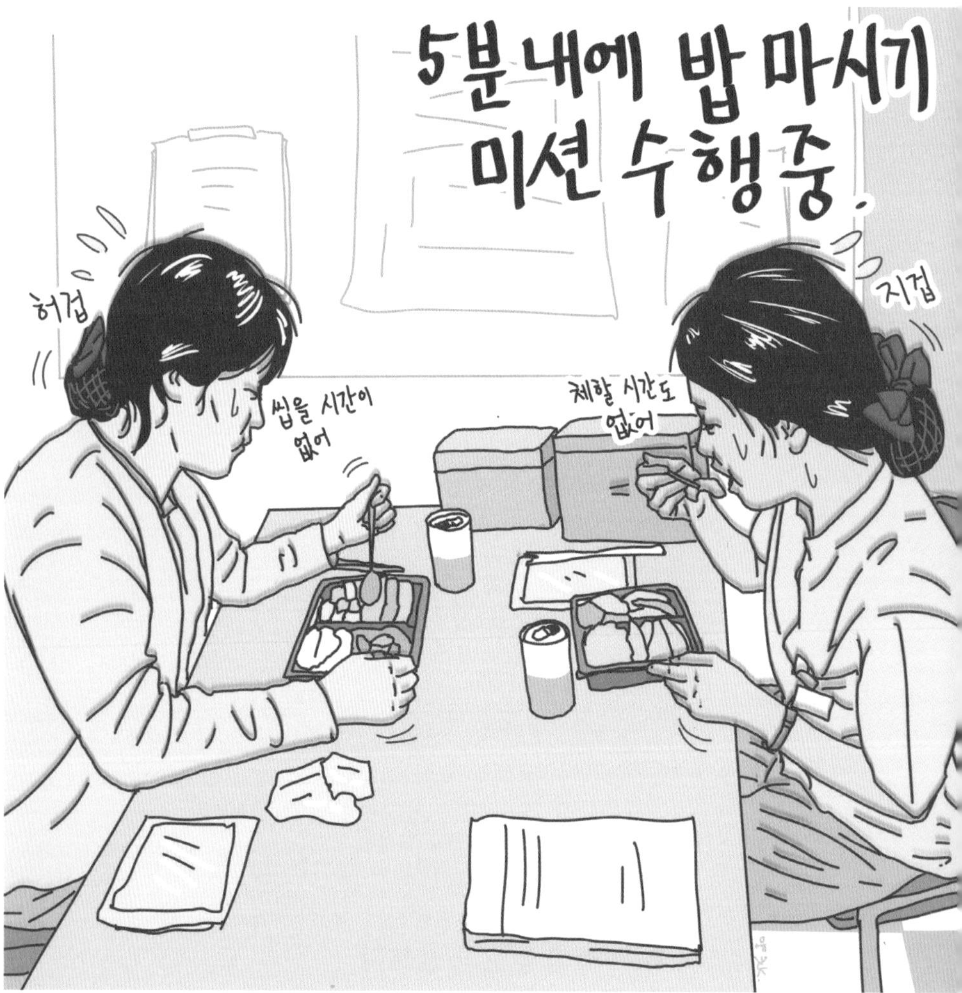
5분내에 밥 마시기
미션 수행중.
허겁
지겁
씹을 시간이
없어
체할 시간도
없어

바쁨, 밥뿜

간호사의 하루 1

간호사의 아픈 몸과 마음,
누가 간호해주나요?

누군들 힘들지 않겠냐마는, 몰랐다. 간호사들이 이토록 많은 직업병을 앓고 있다는 것을.

곧게 뻗은 혈관을 보면 기분이 좋아진다거나, 알코올을 하도 만져서 손이 다 까진다든지 하는 다소 가벼운 의미에서 던진 직업병에 대한 질문에 돌아온 대답은 끝도 없었다.

"다리는 성한 날이 없어요. 의자에 한 번 앉을 시간도 없이 내내 서 있거나 뛰어야 하는 데다 진종일 무거운 카트를 한몸처럼 끌고 다녀야 하니… 하지정맥류 안 걸리려면 압박 스타킹은 필수예요."

그뿐인가.

"근골격계 질환도 엄청 많이 겪어요. 수술도구부터 매일 꺼내고 옮겨야 하는 기구들 무게가 상당하거든요."

"환자들 체위를 바꾸거나 옮길 때 손목에 무리가 많이 가요. 허리가 삐끗하거나 목 관절도 자주 상해요."

끝이 아니다.

"저는 방광염이나 변비가 제일 괴로워요. 물도 웬만하면 안 마시려고 해요. 화장실 갈 시간도 없고, 가고 싶어도 갈 수가 없으니까."

살인적인 노동 강도에 밥은 먹는 게 아니라 마셔야 하고, 화장실조차 마음 편히 갈 수 없다. 몸이 아파도, 심지어 임신을 해도 제대로 쉬지 못한다.

하지만 정작 간호사들을 힘들 게 하는 건 따로 있었다.

"물 떠와라", "사과 깍아달라" 땡깡 부리는 환자, 이름 확인하겠다며 괜히 명찰 건드리며 성희롱하는 사람, 피를 철철 흘리면서도 치료 안 받겠다고 드러눕는 취객들….

"몸이 힘든 건 둘째 치고 마음고생이 너무 심해요. 특히 응급실은 취객들 상대하는 게 정말 고역이에요."

"가끔은 그런 생각도 들어요. 다들 아파서 오는 곳이 병원이다 보니 어느 때보다 예민하고 날카롭고… 그리고 그걸 만만하다고 생각되는 우리한테 푸는 건 아닐까…"

"위로는 선배가, 수간호사가 쪼고, 돌아서면 진상 환자들이 난리니 3개월 안에 그만두는 사람이 많을 수밖에 없어요."

상황이 이렇다 보니 간호사들은 근무 후 휴식을 자칭 ABR이라 표현한다고 한다. Absolute Bed Rest, 절대 침상 안정이다. 수시로 쏟아지는 온갖 상황들을 수습해가며 고된 일과를 마치고 얻는 이 단비 같은 휴식을 절대 안정이 필요한 환자의 상태로 부르는 이들 마음속의 자조는 얼마나 씁쓸할 것인가.

더욱이 사람 목숨이 걸린 일을 하니 마음의 병 또한 쌓여만 간다. 주사를 놓는 간단하지만 중요한 일부터 환자의 상태를 끊임없이 모니터링해야 하는 등 긴 업무 시간 동안 한시도 긴장에서 벗어날 수 없다. 돌보는 환자가 끙끙 앓으며 아파하는 모습을 하루종일 지켜봐야 한다.

그리고 어쩔 수 없이 마주할 수밖에 없는 환자의 죽음. 바쁜 업무 중에도 계속해서 시선을 마주했던 사람의 부재 앞에 간호사들은 언제나 무방비로 노출된다. 그러나 슬퍼할 시간이 없다. 보살핌을 기다리는 다른 환자들을 위해 슬픔을 억누른 채 다음 환자를 보고, 빠르게 빈 침대를 정리하는 '일'을 계속 해야 한다.

"그냥 경력이 길어질수록 슬픔을 다스리는
능력이 커지는 거 같아요.
슬프죠. 가슴이 무너질 때도 있고요.
감정이 없는 게 아니라 무뎌지려고
부단히 애를 쓰는 거예요.
다른 환자들이 기다리고 있으니까요."

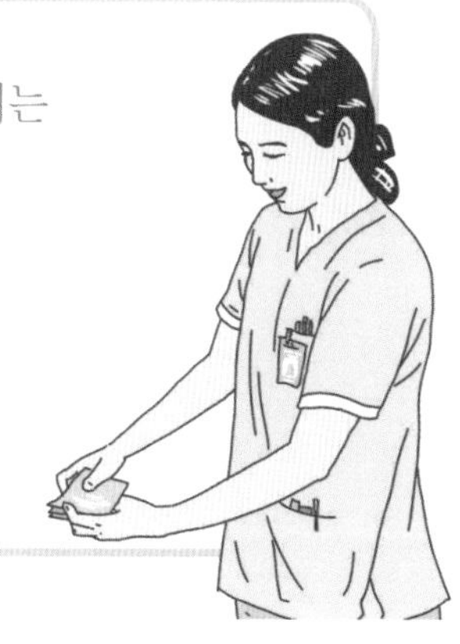

이번달 스케줄도
폭폭망망...
원티드 짤리고
퐁당퐁당...
이오데..나오이..
흑...
안 본 눈
삽니다...

듀티, free

덕분에 건강하게
잘 있다 가요~

또 봐요!

몸조리 잘하세요
어머님!

앗!!
또 오시면
안돼욧!

또 아파야
오시는거 잖아요
NoNo~

우리 다시 이곳에서 만나지 마요

또 만나지 마요

좋은 아침 출근길, 쩔은 아침 퇴근길...

아이 눈부셔

쌍
쾌해라~

골-

골-

천근만근길

쥐어짜는 모닝 취침
반복되는 몸은 지침
커피 너무 많이 마심..
으~

극모닝

간호사의 하루 2

■

시간이 갈수록 나이팅게일 선서는 희미해져 가지만
그래도 열심히 붙잡아봅니다.
그때 그 순간의 다짐을 지킬 수 있도록.

■

간호사들은 하루 8시간을 기준으로 3교대로 돌아가며 일한다. 아침 7시부터 오후 3시까지 데이 근무(Day duty), 오후 3시부터 오후 11시까지 이브닝 근무(Evening duty), 오후 11시부터 다음 날 아침 7시까지 나이트 근무(Night duty)다.

"스케줄은 4주마다 나오는 번표를 봐야 알 수 있어요. 약속을 잡고 싶으면 4주 전에는 잡아놔야 미리 번표 신청을 할 수 있어요. 그나마도 연차가 낮으면 토요일, 일요일은 신청할 수 없어요. 그렇게 오프를 받더라도 병동에 갑작스런 상황이 생기면 꼼짝없이 또 출근해야 해요."

3교대 원칙상 하루 8시간 근무라고는 하는데, 실제로는 하루 8시간이 아니라 하루 10시간, 11시간씩 일하는 2교대나 다름없다.

"교대 준비 때문이에요. 물품 카운팅 등 사전 점검을 하고 인계를 받기 위해 한두 시간은 기본적으로 일찍 출근해야 돼요. 인계한 뒤에도 마저 다 하지 못한 '챠팅'을 해야 돼요."

당장 차팅을 하는 그 시간에도 언제 어떤 일이 생길지 모르니 인계 시간이 다가올수록 간호사들의 마음은 다급해진다.

교대 근무 하나만도 긴장되는 일인데, 어떻게 조합되는가에 따라서 간호사들이 느끼는 부담은 또 천치차이다. 한 달 스케줄이 결정될 때 나오데나 이브데이라도 끼었다간 스트레스가 보통이 아니다.

"이브데이는 이브닝 근무 후에 데이 근무하는 걸 말해요. 막차로 퇴근해서 이어지는 새벽 5시에 출근하는 거죠. 설령 정시 출퇴근을 지켜 11시 퇴근에 7시 출근을 했다 하더라도 피로를 풀 시간이 없을 판국인데, 연속 출근하면 진짜 24시간 쉬지 않고 일하는 느낌이에요. 커피 한 잔 마실 시간도, 화장실 갈 시간도 없는 10시간을 폭풍처럼 보낸 뒤 몇 시간 침대에 머리만 잠깐 댔다가 퀭한 눈으로 일어나서 다시 일하는 거죠."

"나오데는 나이트-오프-데이 근무를 말해요. 이건 진짜 간호사들이 피하고 싶어 하는 최악의 근무예요."

야간 근무를 서게 되면 근무가 없는 날, 즉 오프를 두 번은 이어서 받아야 신체 사이클이 회복되는 게 당연지사인데 오프가 한 번이면 일이 끝나고 피곤한 몸으로 그 오프인 하루를 버텨야 한다. 자칫 낮에 잠이 들었다간 밤잠을 설친 채 다음 날 데이 듀티에 들어가야만 하니. 나이트 근무일 때는 환자들도 보호자들도 대체로 잠들어 있으니 데이나 이브데이 때처럼 폭풍 같은 일에 휩싸이지는 않지만, 이번엔 쏟아지는 졸음이 간호사들을 괴롭힌다. 정신을 깨어 있는 상태로 유지하기 위해 간호사들은 커피를 목에 들이붓거나, 수시로 당을 보충한다. 나이트 근무가 끝난 후 하얗게 질린 채 귀가하는 이들. 밤을 새기 위해서 커피를 과하게 마셨으니 몸은 무너질 듯 피곤한데 정신은 맑은 상태가 이어진다. 밥 먹고 쉬는 것 말고 아무것도 하지 못한 채 어설프게 하루가 흘러가 버린다.

근무시간이 이렇다 보니 나오데 근무라면 아침에 잠을 자는 것도 문제다. 잠드는 시간부터가 이미 다음 날 근무시간인 건데, 이 시간에 잠을 잤다가는 그날 밤이나 새벽쯤 잠이 들지 못한 채로 피로가 쌓인 몸을 끌고 데이 근무에 들어가야 한다. 자려면 차라리 아침 10시부터 새벽 3시까지 연속으로 자 버려야 하는 셈이다. 그러면 결국 오프는 사라지고, 일-잠-일의 순환만 남는다.

"하루만 생활패턴이 바뀌어도 몸이 감당해내기 어렵잖아요. 근데 늘 이런 들쑥날쑥한 근무가 이어지다 보면 몸이 닳아가는 게 피부로 느껴져요."

"피부가 상하는 건 말할 것도 없고, 탈모나 만성피로에 시달리는 사람도 많아요. 생리주기도 수시로 바뀌고요."

생명을 다루는 일인데 적어도 멀쩡한 컨디션은 유지할 수 있게 달콤까지는 아니더라도 제대로 마음 편히 눈 좀 붙이고 쉴 수 있는 시간, 보장해줄 수 없을까?

"내가 건강해야만 아픈 환자들을 챙길 수 있고,
내가 건강해야만 다른 동료들이
힘들지 않다는 생각이 당장에라도
쓰러질 듯 후들거리는 두 다리를 받치는
보이지 않는 부목인 거 같아요."

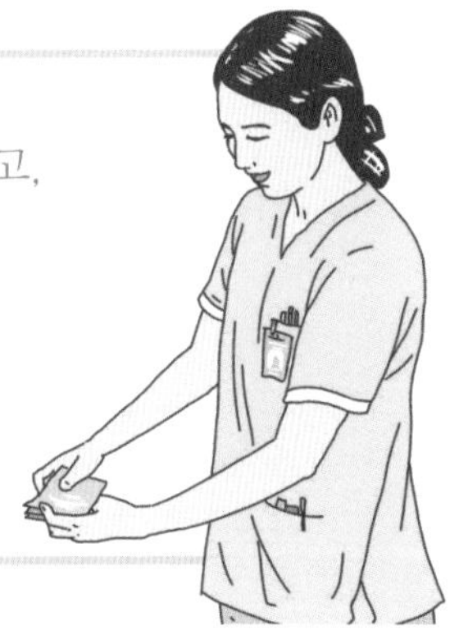

당신에게 간호사는 어떤 사람인가요?

병원에 오면 환자 수발 들어주는 사람? 의사의 서브? 예쁘고 젊은 여자들이 하는 일? 아니면, 병원 잡역부?

의료법을 공부하고 약리학을 공부하고, 국가고시를 통과하는 어려운 과정을 거쳐야만 가질 수 있는 직업이 간호사다. 어쩌다 보니 간호사가 된 사람도 있겠지만 나름의 소명의식을 갖고 간호사를 꿈꾸며 대학으로 향하는 사람이 대다수다. 그럼에도 불구하고 1년 차 간호사의 퇴직률이 무려 34퍼센트라니, 이 직종을 뒤도 안 돌아보고 떠난 간호사가 10만여 명에 달한다고 하니, 대체 얼마나 힘든 직업이라는 걸까?

우선 24시간 동안 환자를 돌보아야만 하는 상황에서 같은 사이클로 돌아가는 반복적인 업무에 시달리다 보면 사람들이 원하는 그런 '나이팅게일'이 되어줄 여력조차 없다. 환자 한 사람 한 사람 관심을 갖고 오래 들여다보며 친절해지기엔, 이 간호사를 기다리고 있는 환자들이 너무나도 많다. 우리나라 간호사 한 명이 맡는 환자 수는 평균 20명으로 OECD 국가의 4.5배에 이른다고 한다. 돌봐야 할 환자가 너무 많아 생길 수밖에 없는, 더 위급한 환자 때문에 덜 위급한 환자는 포기해야 하는 상황은 간호사에게 큰 죄책감으로 남는다고도 한다. 절대적인 인력 부족으로 인한 과중한 업무량과 열악한 근무환경은 다시 간호사의 이탈을 낳고, 간호 인력의 감소는 다시 업무량 증가와 근무환경 악화로 이어지는 악순환을 낳는다.

또한 생사존망은 의사 손에 달려 있다는 생각에 의사는 사람들에게 그야말로 '선생님'이다. 배운 사람이고, 더 높은 사람이다. 간호사가 환자 곁에 더 오래 있고 더 많은 불편을 해소해줌에도, 의사와 달리 간호사를 대하는 환자들의 모습에는 하대의 태도가 곧잘 엿보인다.

온갖 불평불만을 늘어놓는 것에서부터 "당장 주치의를 불러오라"는 등 큰소리를 떵떵 치다가도 정작 의사가 오면 예의 바르고 말 잘 듣는 어린아이가 되는 환자와 보호자들. 그들의 모습에서 멸시와 차별을 느낄 때마다 직업에 대한 회의를 느끼게 된다고 인터뷰이들은 한목소리로 말했다.

드라마며 영화며 지금껏 사람들이 접해 온 여러 프로그램들도 간호사에 대한 편견을 심어주는 데 일조하고 있다. '수다스럽고 경박하게 떠들고 있는 여자들'로 말이다. 시기, 질투심에 차 있거나 뒷담화를 주고받으며 이야기를 퍼뜨리는 존재들. 의학드라마들도 거의 다 의사가 중심일 뿐, 간호사들의 실제 모습을 제대로 묘사한 작품은 찾아보기 힘들다. 간호사를 대상으로 한 섹시한 콘셉트는 간호사들을 성적으로 대상화하기까지 한다. 그런 상황들을 볼 때마다 그들에게는 생채기가 생긴다.

한 번은 인터뷰를 했던 간호사 한 분이 문자 메시지를 보내왔다.

"자기 전에 그냥 예전에 중환자실 실습 때가 생각나서… 한 할머니가 계셨는데 좀 위독했었나봐요. 갑자기 간호사와 의사들이 할머니 위급하니까 할머니 보호자들에게 빨리 연락하자고 해서 부랴부랴 연락을 하고… 할머니 가족 분들 다섯 명 정도 오셔서 마지막 임종을 보고 돌아가셨죠. 돌아가시면 바로 영안실로 옮겨지고 그간 누워계신 병상은 마치 아무일도 없었던 듯이 말끔히 치워집니다. 한순간이죠. 침상주변을 정리하다 보면 많은 생각이 들어요. 여지껏 쉼 없이 간호했던 모든 것들이 생각나면서 나도 모르게 눈물이 뚝뚝 떨어지죠. 근데 맘 놓고 울지는 못해요. 옆에 희망을 놓지 않고 있는 환자들이 있어서 더 슬픔에 빠질 수도 없어요. 그래서 앞에서는 눈물 꾹꾹 참고 남 모르게 울 때가 있어요. 허무하고 슬프지만 난 간호사니까… 다른 환자들 다시 간호하러 가야 해요…."

간호사가 되기도 전, 처음으로 겪은 이별은 그녀의 마음속에 깊게 남았다.

간호사의 책무는 그들 모두를 돌보는 것이다. 한 사람 한 사람 정성들여 보살피면서 어디 한군데 이상이 없게끔 하고, 그들이 웃으면서 퇴원하는 모습을 바라보는 것. 길에서 우연히 마주치는 일이 아닌 이상 그들을 다시 만난다면 그것이 결코 좋은 이유에서는 아니다.

혹독한 노동강도, 사람들의 씁쓸한 편견, 매일 이어지는 삶과 죽음과의 사투를 견뎌내다 보니 '오늘 하루도 최선을 다하자'라는 처음 일을 시작할 때의 다짐은 이제는 '오늘 하루도 무사하길…'이라는 다짐으로 바뀌어간다고 한다. 그럼에도 나이트 근무의 피곤함에 찌들고, 불시에 닥쳐오는 슬픔에 눈물을 꾹꾹 다져 누르면서도 간호사들은 열심히 마음을 다잡고 살아가려 매일 노력한다.

그래서 이 시점에서 다시 한 번 물어보고 싶다.

당신에게 간호사는 어떤 사람인가요?

병원에서 간호사로 근무하다 회사로 옮기고 처음 알았다.
아프면 회사를 쉴 수도 있다는 걸.

생명을 다룬다는 것은 언제나 두렵습니다.
손가락 관장인 '핑거 에네마'를 할 때도 있는데,
더럽다는 생각보다 나로 인해,
이 처치로 인해 환자분께서 조금이라도 편안해지길 바라는
마음이 앞서곤 해요. 환자분이 무의식 상태일지라도요.
"우리가 이만큼 힘들다고요!"라고 떼쓰는 게 아니에요.
우리의 이 마음과 신념을 조금만 따뜻한 시선으로
바라봐주십사 하는 거예요.

간호사라는 직업이 지금보다 조금 더
자랑스러워질 수 있기를 소망합니다.

수쌤은 우리 병원은 태움 문화가 없을 것이라고 말씀하신다.
그건 선생님이 수쌤이니깐….
그리고 태움이 어떻게 문화가 될 수 있죠?

의사보다 마지막까지 환자 곁에 머무는 게 간호사예요.
죽음을 맞이하는 일, 죽음을 곁에 두고 일하는 일…
아무리 해도 익숙해지지 않더라고요.
환자의 마지막을 어떻게 하면 좀 더 아름답게 보내줄 수 있을까요?

직업에 회의감 들 때요?
최선을 다해 환자를 돌보고 있는데 보호자에게 맞았을 때,
모두가 저더러 보호자한테 무조건 잘못했다고
사과하라고 하더라고요.
정말 비참했어요.

내일 출근이 너무나도 걱정인 간호사 1인입니다.
제발 모두가 건강한 사회에서 살 수 있도록,
내일은 환자에게 조금 더 좋은 간호를
할 수 있도록 응원해주세요ㅠㅠ

간경화 환자들, 병원에 술 숨겨놓고 마시다가
밤에 안 좋아져서 중환자실로 오는 경우가 많아요.
그럴 때 진짜 회의감이 많이 들죠. 열심히 뛰어다니면서 살려놨더니…
간호사로서의 보람은 하나예요. 환자들 건강해져서 퇴원하는 거.

병원이 점점 의료인으로서 보람과 소명감을
펼치는 곳이 아니라, 무기력하게 자존감을 소진하는
고통스런 장소로 전락하고 있는 것 같아요.
언제쯤 간호사가 의사의 아래 직급이 아닌
전문 인력으로 인정받을 수 있을까요?

하루 15시간 일하는 거 실화냐…!

5

사람, 소방관

"맞서 싸운 화마,
안고 사는 트라우마"

출동이다!!

자! 가자!

큰불 아니길..

두근

두근

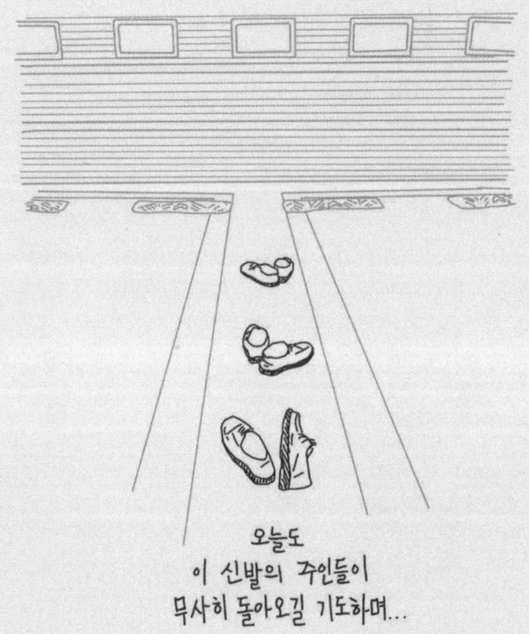

간절한 마음

잡는다
꺼져버렷!
읏샤!

들어간다
화마
이색히~
두루와
두루와
이승재
강동구

구한다
감사해요 아저씨~
우와 - 아저씨보다 잘 참네!

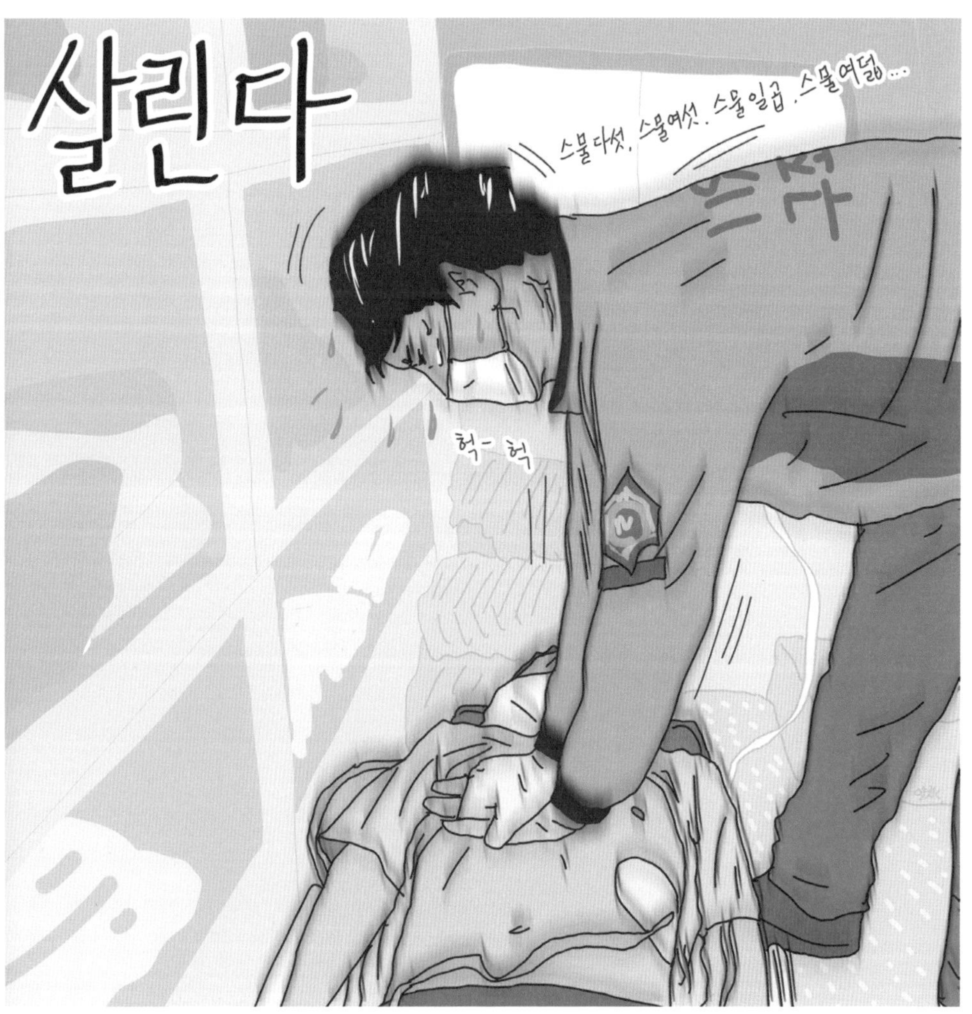
살린다
스물다섯, 스물여섯, 스물일곱, 스물여덟...
헉-헉

먹는다.

띠링 띠링
뛴다!!

119
'제발
살아만 계시길…'
두근
두근
쾅!
열어야 하는 문.
늘 두려운 마음.

생사의 문

하루에도 수차례
주취자의 폭행사례
이XXXX
XXXX!!
윽!

구하러 간 거예요, 구타하지 말아줘요

구급차는 택시가 아닌걸요...

으... 취한다..
우리집 주소가
서울시..

...

조심하세요
선생님

예-예-
발조심
하시고요

구급차는 응급시에만

소방관의 하루 1

■

양보 운전,
골든타임의 첫걸음

■

불을 끄는 일만 소방관들의 업무는 아니다. 화재예방과 진압, 구조 및 구급 활동, 행정사무 등의 업무가 있는데 구조 및 구급 활동이 특히 폭이 넓다고 한다.

"119 업무에서 화재 건수는 10퍼센트 미만에 불과해요. 대민업무가 더 많은 편이에요."

서울 기준으로 지난 3년 간 잠긴 문을 열어달라는 신고만 5만 건 가까이 달했다고 한다. 이런 잠긴 문 열어주기부터 갇힌 고양이를 꺼내달라는 등의 동물 포획, 벌집 제거 등의 일들까지도 구급대원들이 담당하는 업무다.

특히 환자 긴급 호송 건도 많다는데, 그중 특히 취객 이송의 경우는 그들을 지치게 하는 요소 중 하나이기도 하다. 소방청에서 제시한 자료에 따르면 이틀에 한 번꼴로 폭행을 당한다고 한다.

"취객을 이송할 때 폭언, 폭행이 정말 많이 일어나요. 긴급출동해서 취객이나 자살 시도자들을 이송할 때 요원들에게 욕하고, 발길질하고… 참 씁쓸하죠."

그리고 신고 전화 중 무려 60퍼센트의 비율을 차지하는 것이 다름 아닌 허위 신고나 오인 신고라고 한다. 허위 신고든 오인 신고든 신고가 들어오면 무조건 출동해야 한다. 신발 신을 새도 없이 긴급히 출동했는데 정작 장난전화로 그쳐 버리면 허탈함도 허탈함이지만, 정말 긴급한 상황에 출동하지 못하는 안타까운 상황이 발생할 수도 있다.

그런데 참 아이러니한 일이 있다. 긴박한 순간에 그렇게나 간절히 소방관의 출동을 기다리고, 덕분에 아찔한 상황을 모면했던 사람들도 정작 자신의 동네에 소방서가 들어서는 것을 반대하는 경우가 있다고 한다.

"화재 진압에서 골든타임은 출동 후 5분이에요. 그러려면 소방서가 일정 구역별로 들어서야 하는데, 시끄러워서 땅값이 떨어진다는 이유로 반대한다고 하더라고요. 시민들의 안전을 더 빨리 지키기 위함 인데….”

소방관은 종이 아니다. 열쇠수리공 불러서 자물쇠 따는 비용 아끼려고 긴급출동을 부르고, 조금이라도 불편하다 싶으면 소방차 사이렌이 시끄럽다 하고, 또 급할 때는 구급차를 택시처럼 이용하고….

소방관이 우리의 생명과 안전을 지켜주는 존재라면, 우리 또한 마찬가지로 연대 의식을 갖고 소방관을 지켜줄 수 있어야 하지 않을까?

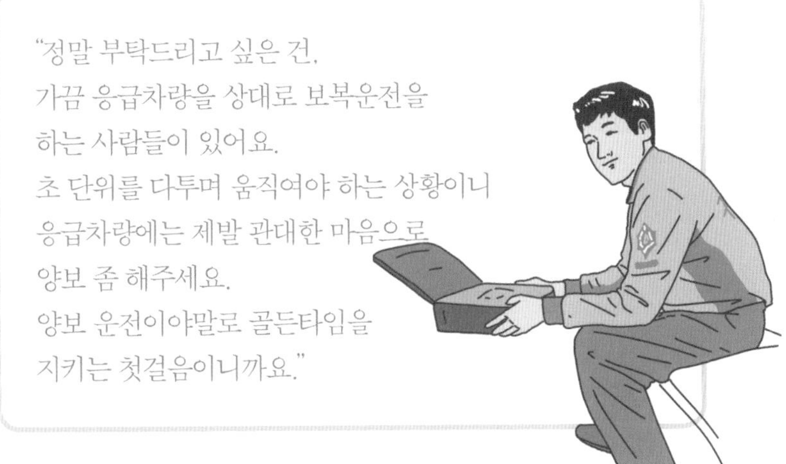
"정말 부탁드리고 싶은 건,
가끔 응급차량을 상대로 보복운전을
하는 사람들이 있어요.
초 단위를 다투며 움직여야 하는 상황이니
응급차량에는 제발 관대한 마음으로
양보 좀 해주세요.
양보 운전이야말로 골든타임을
지키는 첫걸음이니까요."

노력으로 채울수 없는
인력의 부족
숨 돌렸으니
다시들어가자...

맞서 싸운 화마
안고사는 트라우마
미안합니다…
구하지
못해서…

소방관 심리 질환 유병률, 일반인보다 최대 10배.
(소방청, 2014년 전수조사 통계)

소방관 1인당

정신 건강 예산.

막혀버린 길,
꺼져가는 숨...
골든 타임은
5분인 걸요..
제발...

피해주면 피해를 줄일 수 있음

누군가의 영웅.

여보, 나 갔다올게.
누군가의 남편.
누군가의 엄마.
엄마 갔다올게~
쪽
다치지마.
저 갔다 올게요. 어머니~
누군가의 아들.

사람, 소방관.
옳지
잘한다!
119
119
소방서
소방서

161

사람.
소방관

소방관의 하루 2

■

영웅이기 전에 사람,
슈퍼맨이기 전에 누군가의 가족

■

사이렌이 울리면 소방관들은 가슴이 철썩 내려앉는다고 한다. 사이렌 소리란 누군가 죽음의 위험 앞에 놓여 있다는 의미이기도 하지만, 언제라도 그것이 소방관 자신이 될 수도 있다는 의미이니까.

그러나 사이렌이 울리면 가슴이 내려앉는 또 한 사람이 있다. 바로 소방관의 가족과 사랑하는 사람들이다. 갑자기 몇 시간씩 연락이 안 되면 불안감에 시달린다고 한다.

"남편 근무지 근처에서 불이 났다는 소식만 들려도, 근처에서 무슨 사고가 났다는 소식만 들려도, 혹은 소방관 순직 관련 기사를 볼 때마다 언제 우리 일이 될지 모른다는 생각에 숨이 턱턱 막혀요."

소방관은 분명 누군가에게는 영웅일 것이다. 위기의 순간 나타나 불길 속을 용감히 뚫고 들어가고, 무너진 건물의 잔해를 뒤져 부상자를 구해내는 사람들. 일반인은 감히 접근조차 할 수 없는 곳으로 묵묵히 뛰어드는 사람들. 그들의 도움으로 목숨을 구한 사람들에게 소방관은 은인이며, 영웅이다.

하지만 영웅이라는 칭호에는 '자기희생'이 전제로 깔려 있다. 그들은 목숨이 걸린 위험한 상황에서 달아나지 않고 자신의 몸을 던져 위험에 빠진 사람을 구한다. 우리가 잊지 말아야 할 것은 소방관들도 영웅이기 전에 한 사람이라는 것이다.

"저희도 그냥 평범한 사람이에요. 그래서 현장에 뛰어들 때마다 죽을지도 모른다는 두려움, 남은 가족들에 대한 생각이 매번 들어요. 퇴근해서 집에 들어가기 전까지 가족들이 매번 안심하지 못하고 걱정하고 있는 것도 정말 미안하고요."

더 안타까운 일은 최근 5년간 소방관들이 정신과 진료를 받은 건수는 1만 7,557건에 달했다. 참혹한 사고 현장에 반복적으로 노출되다 보니 소방관의 심리 질환 유병률은 일반인의 10배에 달한다고 한다. 그런데 불과 얼마전까지만 해도 목숨을 담보로 하는 일이라는 이유로 보험 가입에 제약이 많았다.

얼마 전 세상을 떠들썩하게 한 밀양 화재 참사. 그 화재에서 소방관 두 명이 친할머니와 처형을 화마에 잃었다. 2014년 장성 요양병원 화재에서는 한 소방관의 아버지가 불길 속에 있었다. 그는 인명 구조라는 본인의 임무 때문에 자신의 아버지를 먼저 구하러 들어가지 못한 채 아무 말 없이 현장 작업을 하다가, 화재 진압이 되고 난 이후에야 아버지가 돌아가신 걸 알았다고 한다. 구조 작업에 방해가 될 것을 염려해 동료들에게도 그 사실을 이야기하지 않은 이 소방관의 마음에는 얼마나 깊은 상처가 남았을까.

소방관들 역시 우리와 마찬가지로 누군가의 가족으로 살아가고 있다. 그럼에도 두려움을 숨기고, 걱정을 감추고, 위급상황에 거침없이 뛰어들 수 있는 이유는 영웅이 되기 위함이 아니라 그저 그것이 자신들의 몫이라 생각하기 때문이다.

"현장에 투입될 때마다 늘 기도해요.
오늘 두 사람의 생명을
살리게 해달라고.
한 명은 내가 등에 업은 사람,
또 한 명은 나 자신."

당신에게 소방관은 어떤 사람인가요?

2016년 국민안전처가 발표한 인원으로 우리나라에서 필요한 최소 소방 인력은 5만 1,000명인데 반해 실제 근무 소방관은 3만 2,000명으로 집계됐다고 한다. 소방관 1인당 담당 인원은 1,340명. 인력이 부족하다 보니 외근직 소방공무원 기준으로 2조 맞교대 방식으로 근무하는데, 실질적인 근무시간을 계산해보면 주당 84시간이라고 한다. 불길에 뛰어들기 전부터 이미 극한직업이다.

소방관들은 직업 특성상 정신적 충격에 수시로 노출된다. 영화에서조차 제대로 쳐다보기 힘든 참혹한 광경을, 보통 사람들은 살면서 한 번 볼까 말까한 광경들을 수시로, 불시에 접한다. 특히 신입 대원들은 그런 광경들에 '적응'하지 못하면 정신적 스트레스에 지속적으로 시달릴 수밖에 없다.

대구지하철 참사에서 출동한 소방관은 구조가 끝날 무렵 탈진으로 인해 구조하려던 사람의 손을 놓쳐 버리고 나서 10년이 넘도록 다른 사람들과 악수를 하려 할 때마다 그때가 떠오른다고 한다. 천호동 붕괴사고에 출동한 소방관은 잔해에서 구조자를 꺼내려고 조치를 취했는데 갑작스런 심장마비로 구조자가 사망한 후 오랜 시간 죄책감에 시달렸다고 한다. 반복되는 극한의 상황. 사람은 언제라도 실수할 수 있지만, 소방관의 실수에는 사람의 목숨이 달려 있다. 그것이 자신의 책임으로 넘어오는 순간 소방관들의 마음속에는 흉터가 하나씩 패인다.

소방관들이 가장 많이 겪는 정신질환은 외상후 스트레스 장애(PTSD)다. 참담한 현장에 출동하고 돌아온 뒤에는 잠을 제대로 들지 못하는 것은 기본이고, 소방벨이 울리는 환청을 겪거나, 시체 썩는 냄새가 맴돌아 된장국을 먹지 못하기도 한다.

우울증도 심하다. 워낙 참혹한 현장에만 가다 보니 분위기도 분위기지만 사람들 눈치 때문에 웃음 한 번 제대로 지을 수 없는 환경 속에 놓이다 보니 자신도 모르게 점점 부정적으로 변한다고 한다. 지난 10년간 자살한 소방관 수는 78명으로 순직자의 수(51명)보다 더 많다고 한다. 그런데도 심리상담 프로그램을 진행한 소방서는 전체의 14퍼센트에 불과하다.

그렇다고 해도 어떤 식으로든 문제가 발생하면 1차적 책임자로 비난의 대상이 되는 상황에 직면한다. 2017년 말 발생했던 제천 스포츠센터 화재 사건에서도 충북도소방본부에서 소방관들의 책임을 물으면서 고위 간부 4명의 직위해제와 불구속 입건, 그리고 소방관 6명에 대한 징계 조치를 내렸다. 물론 그들의 대응이 완벽하지 못했을 수도 있다. 하지만 이러한 조치는 사실상 제천의 소방관들뿐만 아니라 모든 소방관들이 실수에 대한 부담감만 한층 더 크게 만들 뿐이다.

이미 2013년에도 소방관 벌점제가 생겼다가 큰 물의를 빚고 폐지된 적이 있다. 딴에는 소방관들이 현장에서의 안전에 대한 인식을 소홀히 하지 않게 하겠다는 취지였다고 한다. 하지만 그럴싸한 말에 불과할 뿐, 소방관이 작업을 하던 중 다치면 그 부상 수준에 따라 징계를 한다는 규정은 몸을 내던져서 목숨을 구해야 하는 상황을 마주하는 소방관들을 더 움츠러들게만 만드는 것이었다. 사람 목숨을 짊어지는 것만도 보통 일이 아닌데, 결과에 대한 개인적인 책임과 사회적인 책임까지 모두 져야 하는 것은 너무 무거운 짐이 아닐까.

그나마 다행인 것은, 조금씩 소방관들에 대한 대우가 나아질 기미가 보인다는 것이다. 사실 늦은 감이 있기는 하지만 늘 필요했던 소방전문병원 건립 사업도 추진 중이며 역대 최대 규모인 5,300명의 소방인력 충원 계획도 발표되었다.

더불어 지방공무원이어서 지자체 예산에만 의지하다 보니 늘 지원 문제로 시달리던 소방관들의 국가직 전환 계획도 정부에서 발표했다. 이런 정책적인 지원들부터 하나씩 해결되다 보면 기본적인 처우는 더 나아질 수 있을 것이다.

많은 이들의 걱정과 관심, 그리고 신뢰를 받으면서 소방관들은 보통 사람들보다 조금 더 용감하게 그리고 묵묵히 자신의 일을 해나가고 있다. 때로는 동료를 잃기도 하고, 몸이나 마음을 다치기도 하지만 도움의 손길이 필요하다면 어디라도 달려가는 이들이다. 그들에게 주어진 일이라면 못 가는 곳도 못 하는 일도 없다.

소방관을 '가장 먼저 들어가서 가장 늦게 나오는 사람'이라고 자주 표현하지 않는가. 동물이라면 당연히 자기 목숨을 먼저 챙기는 생존 본능이라는 게 있는데, 혈육도 아닌 타인을 위해서 본능까지도 억누르는 이들이다.

보통의 사람이면서, 동시에 보통 사람들의 영웅. 불가능한 것을 가능하게 만드는 슈퍼맨까지는 아니더라도, 용기와 의지만으로는 할 수 없는 일을 하는 사람들 덕분에 우리의 삶이 안전하게 지켜지고 있다. 오늘도, 그리고 내일도, 앞으로도 말이다.

화재가 나면 많은 사람들의 입에 너무 많은 이야기가 오르내립니다.
쑥스러울 정도의 칭찬과 응원도 있지만 얼굴이 달아오를 정도의
조롱도 있습니다.
칭찬을 원해 하는 일은 아니지만 누군가 쉽게 내뱉는 조롱은
다리가 풀릴 정도로 상처를 줍니다.

불을 다 끈 뒤에도 계속해서 나오는 유독가스를 마시며
마무리 작업을 하면, 감아도 감아도 머리에 탄내가 배어 있어요.
집에 가면 혹시라도 나를 반기는 아이가 맡을까봐
아이와 놀아줄 때도 노심초사하게 됩니다.
열심히 하고 있고 더욱 열심히 하겠습니다. 응원해주세요.

소방공무원에게 가지고 있는 기대와 믿음이 어떤지 잘 알고 있습니다.
화재 등 응급상황 발생 시 현장에서 소방관을 봤을 때,
소방관은 슈퍼맨이 아니니 질타보다는
내 아버지, 내 아들, 내 딸이라고 생각하고 응원해주세요.

지수리조사 등을 나가면 소화전 주변이나 연결송수구 주변에
쓰레기를 쌓아두는 경우가 많아요.
소화활동에 방해되는 이런 요소들이 생기지 않도록
이런 경우를 보면 SNS 등에 공유해주시면
큰 도움이 될 것 같습니다.

교대근무 특성상 경조사나 행사에는 거의 참석하지 못해요.
정작 내 가족, 내 친구들에게는 무심한 사람이 되어가는 것 같아
속상할 때가 많습니다.

응급차량이 사이렌 등 응급신호를 보내면 끼어들지 못하게
더 속도를 내서 달려오는 차량이 많아요.
차선 양보가 제발 잘 이루어지면 좋겠습니다.

출동현장에서 사고에 관해 궁금해 하시는 건 이해해요.
하지만 현장 처치가 우선이니,
구조활동하는 소방관 붙잡고 질문하지 말아주세요ㅠㅠ

119 불러서 출동했더니,
감기 기운 있으니 집 근처 병원에 데려다 달라고…
이런 일로 부르시면 곤란하다고 말씀드리니,
세금 내니까 이건 내 권리라고 화내시더라고요.

제가 신입이었을 때는
제가 고되면 고될수록 시민들은 더욱
안전해진다는 보람이 있었어요.
하지만 점점 무섭고 두려운 게 많아집니다.

6

돈…
터치
미

"4시- 영업 끝,
업무 시작!"

모두가 바라는
돈이지.
하지만 그냥 다
종이지.

어차피 내 꺼 다
아니지. 하하~

김시재

이대체

페이퍼 킹, 페이 퍼킹

빨리
자
다음번호
난 다다음
서둘러
꾸물거리지 마
찌릿
초조
지
지
직
요거랑
요건
뭐예요?
아...
뜨거워라...
날 향한
날 선 시선들..

뜨거운 시선

바쁜 은행 업무덕에
밀린 내 은행 업무
타은행
내 적금 해지는
3개월째 못함...
누가 나 대신
은행 좀 가줘요...
이키당
바쁨
바쁨
7

가깝고도 먼 타 은행

16:00
4시다!
하하
영업 끝!
호호
업무 시작!
요이 땅!

END가 아닌 AND

구멍난 시재에 눈물이 흘러넘쳐
찾아보려해도, 계산을 해봐도
계속 빠져나가…
어떻게 안 맞아…
어떻게 안 맞아..
어떻게..

숨은시재찾기

월급날이 다가온다는 건,
월말이 다가온다는 것
이런 월말
하하~
미결정리,
업체급여이체,
세금납부,
연체관리,
그리고 월별실적...
띠링!

월말로그아웃

은행원의 하루 1

■

영업이 끝나면 그때부터 업무 시작,
퇴근하자마자 다시 출근하는 기분

■

은행원. 일의 특성만큼 각종 편견을 온몸으로 받고 살아가는 이들. 은행원들이 사람들에게 특히 많이 듣는 말이 있다.

"돈 만지는 일 하면 좋지 않느냐고들 하는데, 돈을 만져도 자기 돈을 만져야 좋은 거지 다른 사람들 돈 많이 만져봐야 좋을 게 뭐 있겠어요. 그냥 종이에요. 그것도 자칫 잘못했다가는 오히려 큰일 나는 종이요. 일과 끝나고 나서 정산하는데 한 장이라도 비면 몇 번에 걸쳐서 점검하고 점검해도 못 찾으면 결국 자기 월급으로 메워야 하는 무시무시한 종이에요."

"은행원이면 투자 정보에 굉장히 빠삭할 거라고 생각하는 분들이 많아요. 근데 저희도 뭐 그냥 회사원들하고 똑같죠. 남들과 똑같이 청약 들고 적금 들고 그래요. 은행원이라고 금융권의 각종 정보들을 남들보다 다 빨리 알 것 같았으면 진작 다들 부자 돼서 은행원 안 하고 살았겠죠."

하루 종일 고객 응대를 하다 보니 본인이 탄 택시에서 내리면서도 본의 아니게 "감사합니다, 고객님"이라는 말이 자동으로 나오는 이가 한둘이 아니라는 은행원들. 이들의 하루를 좀 더 들여다보자.

은행 업무의 시작은 9시지만 은행원들의 출근은 7시 반 내지 8시부터다. 9시가 되자마자 고객들은 번호표를 뽑고 줄줄이 서서 기다린다. 자신의 차례를 기다리는 고객들의 시선이 창구 위 번호판과 창구 직원들을 번갈아가며 훑는다. 2~30명 정도 번호가 줄을 이어 있으면 입이 바짝 마른다. 끊이지 않는 고객들을 상대하다 보면 어느새 창구 업무가 끝나는 오후 4시.

은행원의 하루 일과의 본격적인 시작이 아침 9시부터라면, 본격적인 업무 시작은 오후 4시부터다. 은행 이용 가능 시간이 끝나고 고객들이 나가고 나면 그때부터 본격적인 정리와 개별 업무가 시작된다. 4시 마감에 맞춰 들어오는 손님들도 있으니 이들의 업무까지 해결해주고 나면 5시부터 마감 업무가 시작되기도 한다.

이 시간에 하는 가장 기본이자 중요한 업무는 시재 맞추기다. 전산상의 금액과 실제 현금 사이에 차이가 없는지 확인하는 것. 시재에 오차가 생기면 잘못된 곳을 찾아낼 때까지 몇 번이고 이 작업을 반복해야만 한다.

"시재에 오차 생기면 그날은 꼼짝없이 야근이죠. 미수금 보고하면 인사고과에서 불이익을 받으니까요. 특히 신입 때는 시재 때문에 정말 고생해요."

시재 맞추기가 끝나면 대출 심사나 개별 업무 등을 처리한다. 고객들에게 전화를 돌리는 것도 이 시간에 이루어진다. 기타 서류작업 등을 처리하고 나면 저녁 8시에서 11시 사이. 평균 퇴근시간은 9시지만 실적 회의, 월말, 고객이 특히 많이 몰리는 날이면 10시나 11시까지 일하기 일쑤다.

"대부분 일주일에 사나흘 정도는 10시 넘겨 퇴근해요. 보통 12시간 이상 근무가 기본이죠."

"가장 바쁜 날은 10일, 25일이에요. 보통 회사 월급 지급 날이죠."

거래 금액도, 거래 건수도 상당하다 보니 아이러니하게도 많은 사람들이 가장 기다리는 날이 은행원들에겐 가장 끔찍한 날이다. 급여 이체하는 날이 은행원들 시체되는 날이라고 말할 지경이다.

"25일은 기초연금 수령일이기도 해서 어르신들도 엄청 많이 오세요. 어르신들은 자동화기기나 모바일뱅킹을 잘 이용하시지 못하니까 창구 업무가 엄청 많아지죠."

이렇게 은행원들은 퇴근 없는 삶을 살고 있다. 당장 본인부터가 은행 갈 시간도, 개인 은행 업무를 볼 시간도 나지 않는다고 한숨인데도 사람들은 은행원들이 그렇게 오래 일하는 줄은 잘 모른다. 그래서 사람들의 머릿속엔 돈도 많이 벌면서 일찍 퇴근하는 직종이라는 인상이 강하다.

"은행 시간이 짧아졌다는 불만을 많이 들어요.
은행원이 힘들든 말든 은행에서 방법을 찾아서
5시까지 시간을 늘려달라고 항의하기도 해요.
은행원들도 정말 누구 못지않게
바쁘게 일하고 있다는 걸,
조금만 더 너그러운 시선으로 봐준다면
다함께 행복할 수 있지 않을까요?"

실적 압박에 맘이 울적…
이제 부탁할 가족도 친구도 없는걸…
힝-

훌쩍훌쩍

주말엔 친구도 만나고 맛난거 먹고
밀린 드라마도 보고 잠도 자고 싶지만
됐고 열공...
따도 따도
또 필요한
이놈의 자격증...

열공휴일

도와줘서 고마워요
이거 먹고 해요~
우리 손녀딸 같아서
그랴~
아. 감사해요
할머니~
모르시는 거
있으시면
또 물어보세염

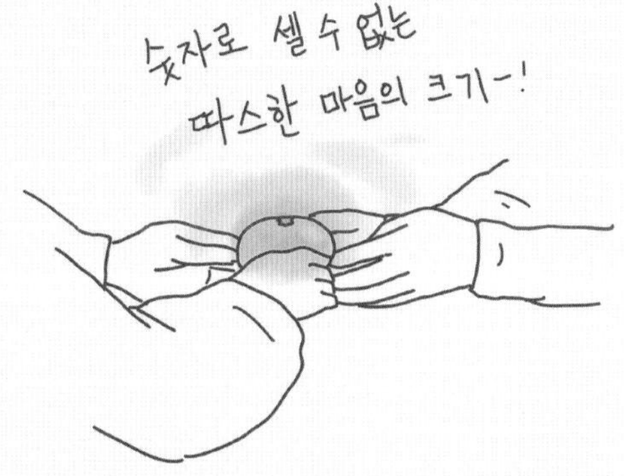

돈보다 사람

은행원의 하루 2

■

실적을 위해
체면이고, 염치고 다 포기하는 그들

■

은행원들의 가장 큰 스트레스는 것은 무엇일까? 진상 고객? 늦은 퇴근? 맞지 않는 시재로 인한 스트레스? 어느 것 하나 둘째가라면 서럽지만, 가장 최고의 스트레스는 사실 실적이라고 한다.

"매달 떨어지는 영업 할당이 있어요. 한 달에 몇 개 계좌, 몇 개의 카드 신규 개통 등 그 할당량을 다 채워야 해요."

"특히 새로운 카드나 적금 상품이 출시되면 신상품에 대한 실적 요구가 더 강해져요. 보험회사 직원들처럼 직접 돌아다니면서 계약자를 찾아다녀도 쉽지 않을 실적을 하루 종일 창구에 앉아 있는 직원들한테 해결하라고 하니… 방법은 둘 중 하나죠. 운 좋게 내 창구로 와서 새로운 통장이나 카드를 개설하는 고객이 있다든지, 아니면 온갖 인맥을 총동원하는 수밖에 없죠."

"한 달에 30계좌를 해오라고 하면 가족, 친척, 친구, 심지어는 친구의 친구까지 연락할 수 있는 곳에는 다 연락을 돌려요. 근데 그것도 한두 달이지, 몇 달 지나면 더 이상 지인으로 해결할 수 없는 때가 와요."

몇 년을 그렇게 해오다 보니 정말 막막할 때가 많다고 그들은 말한다.

"아무리 인맥이 넓고 사교성이 좋은 직원이라고 해도 속은 타들어가요. 하다하다 안 되면 명의만 빌려서 자기 돈을 넣어서라도 억지로 실적을 맞추기도 해요."

은행원들은 이 실적 보고가 있는 매월 말일이 되면 숨이 턱턱 막히고 속은 타들어간다.

"연말이 되면 실적 압박이 극에 달해요.
한 해 동안 해당 은행의 실적에 기반해서
은행에 대한 평가가 나오기 때문에,
이 시기가 되면 은행원들이 받는
중압감은 정말 말로 다 풀 수도 없어요."

당신에게 은행원은 어떤 사람인가요?

〈잡다한컷〉을 연재하면서 다루었던 직업들 중, 댓글의 반응이 다른 직업들에 비해 조금 차갑게 느껴졌던 직업이 은행원이었다. 여느 직업들보다 돈을 잘 번다는 인식 때문일까? "그래도 은행원들은 휴일다 꼬박꼬박 챙겨 쉬지 않느냐" 같은 댓글들이 드문드문 보일 때마다 복잡한 생각이 들곤 했다.

"그래도 저 일보다는 낫잖아."

"그래도 빨간 날에는 쉬잖아."

"야근 없는 일이 어디 있어."

그 어떤 말로도 과한 노동을 정당화할 수는 없지 않나. 은행원들의 이야기를 들어보면 동기들 100명 중 20~30명은 은행원을 포기한다고 한다.

남들이 부럽다고 말하는 '돈 만지는 직업'이라서 오히려 은행원들은 더 힘들다. 자기 돈을 맡기는 사람들은 굉장히 민감하고 예민하다. 돈을 잃을까 걱정이거나, 은행에 돈을 맡겼으니 그만큼 대접을 받으려 한다. 반말은 기본, 강압적인 요구에서부터 말이 안 통하면 고함부터 지르고 보거나, 가족 통장의 돈을 빼달라고 다짜고짜 우긴다거나 이자를 깎아달라거나 우대해달라는 진상 민원도 한둘이 아니라고 한다. 영업 업무가 으레 그러하듯이, 고객이 딱히 원하지도 않는 금융 상품을 실적을 위해 가입시키려 할 때는 괜스레 속이 더부룩해진다.

그렇다고 싫은 소리 한 번 할 수 없다. 괜히 금융감독원으로 민원이라도 들어갔다가는 이유를 막론하고 은행원에게 불이익으로 내려온다. 그래서 아무리 갑질이 심해도 은행원들은 웃어야만 한다. 감정노동이 심한 직업군에 은행원이 항상 들어가는 이유다. 안으로는 일에 시달리고, 밖으로는 민원과 편견에 시달리는 사람들.

모든 직원들이 각자의 역할에 충실하면서 성실하게 일하고, 은행을 찾는 고객들은 이유 없이 특혜를 요구하지 않고, 은행 직원들을 한 사람 한 사람으로 존중하면서 서로에게 친절해질 수 있다면 출근만으로도 힘든 직장 생활의 스트레스를 서로 조금이나마 줄여줄 수 있지 않을까? 이 책에서 다루고 있는 직업 외에도 물질적으로든 감정적으로든 어떤 식으로든 과도한 노동을 이어가고 있는 사람들에게 이렇게 조금씩만 배려해줄 수 있다면….

인터뷰를 하며 은행원들이 기억하는 뿌듯한 순간을 물어본 적이 있었다. 그들을 기쁘게 하는 것은, 그들을 힘들게 하는 것과 마찬가지로 결국엔 '사람'이었다.

진상 고객도 물론 있지만 만나면 기분이 좋아지는 고객들도 있다. 은행에 도움을 받으러 온 사람들이 고마워하는 모습을 볼 때, 자주 방문하는 고객들이 안부 인사를 건넬 때, 작은 거라도 먹을 것을 나누어 주시는 분들을 만날 때 잠시나마 피로가 사라지는 기분이라고 한다. 사실 그런 분들이 훨씬 더 많다. 언제나 나쁜 일이 주는 인상이 지나치게 강할 뿐이다.

자기계발을 할 만한 시간이 없는 일에 종사하면서도, 일 그 자체를 자기계발의 기회로 삼는 사람들도 있다. 실질적으로 은행원이 돈을 다루는 직업이 아니라 사람을 다루는 직업이라고 생각하는 이들은 이 일을 통해 사람을 알아가고 대하는 방법을 익힌다고 한다. 고객이 원하는 것이 무엇인지, 어떤 성향을 가지고 있는지 등에 대해 끊임없이 생각하고 서로 소통해나가는 과정에서 대인 관계 기술을 익히면 이후에 어디에서 무엇을 하든 다 잘 적응해서 할 수 있는 사람이 된다. 그러한 믿음으로 하루하루를 건실하게 가꾸어 나가는 은행원들도 있다.

이 세상에 없어도 되는 직업이야 어디 있겠느냐마는, 은행원들이 하는 일 역시 우리들의 생활에 필수적인 업무들이다. 번호표를 들고 창구 앞에 섰을 때 그들이 환하게 지어 보이는 그 미소를 지켜주는 일은 우리들 모두가 조금씩 나누어서 할 수 있지 않을까.

가끔 은행원들의 고충을 다룬 기사를 볼 때, “배가 불렀네”,
“그것보다 못한 사람 많으니 참고 일해라”라는 댓글을 많이 본다.
우리를 힘들게 하는 건 고용주인데 왜 우리는
다른 노동자를 향해서 서로 손가락질 하는 걸까?

파업에 참여하고 싶은데,
업무량이 너무 많아서 참여 못한 적이 있어요.
아침 8시부터 밤 10~11시 근무가
기본입니다ㅠㅠ

자폭(自爆)통장이라고 해요. 실적 달성 때문에
친구나 가족 명의로 계좌 만들어서 제 돈으로 적금 넣는 거요.
은행원들 보통 자폭통장 10~15계좌 정도 갖고 있어요.
가끔 이게 뭐하는 짓인가 싶을 때가 있어요.

직장인 분들이 가끔 “회사 다니는 사람들은
도대체 은행 업무를 언제 보라는 건지 모르겠다”며
“은행은 주 7일 근무하면 안 되냐”고 하시는데…
저희도 직장인이에요….

은행원들에게 반말 하지 마세요.
통장 던지지 마세요.
쓰레기 던지지 마세요.

돈이 걸려 있다 보니 짜증내는 사람도 많고,
사기당하고 은행 와서 난리치시는 사람도 있고…
고객들이 퍼붓는 감정 웃으면서 다 받아주며 일 처리하다 보면,
업무과다 때문이 아니라 감정 소진으로 나가떨어져요.

은행원, 돈이 아니라 별을 세는 직업이죠.
깜깜한 밤이 돼서야 은행문을 열고 나올 수 있거든요.

마른낙엽을 쥐어짜는 심정으로 실적을 채운다.
그마저도 재가 되어 날아간 지 오래인데
하다하다 어플 까는 것까지 실적으로 내려올 때는
'이러려고 은행원 됐나' 자괴감마저 든다.
어깨 피고 당당하게 일하는 스마트한 은행원이 되고 싶다.

겨우겨우 지난 달 할당량 채우고 났는데
1일 되자마자 새로 강제 할당량 떨어지면 정말 미쳐버릴 거 같아요.
수단과 방법 가리지 말고 채우라는데…
어떤 때는 제가 은행원인지 외판원인지 헷갈릴 때가 있어요.

7

돈워리, 비행해피!

“다리 저리고, 배고프지만
그래도 스마일-”

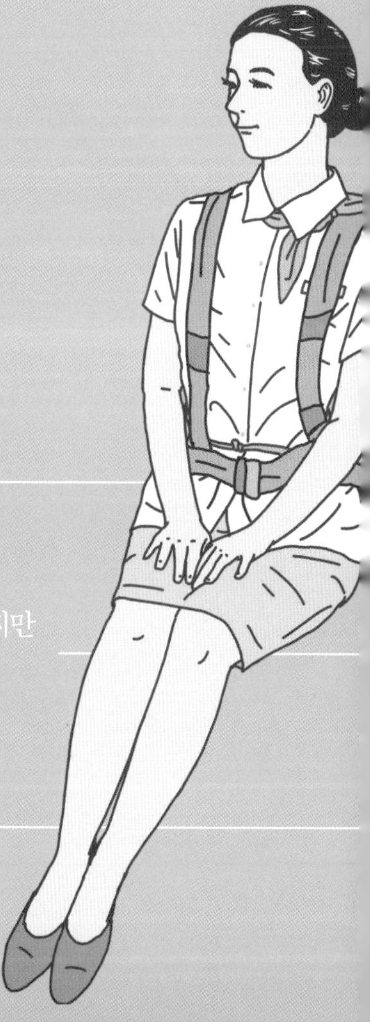

스튜디어스가 맞아?
스튜어디스가 맞아?
하하
영어발음
왜케구림?
디스 이스 스튜어디스
지금
디스하는 거임?
호호
김 디스

스튜어디스전

내가 누군 줄 알어?
어디
하늘 높은 줄
모르고
하
하
모릅니다 손님
늘 높은 하늘에서
일하는 걸요~
사이다

하늘은 높고 말은 곱게 합시다

대기는 불안정한데
난 뭔가 안정돼
띵! 띵!
기류가 불안정하니
자리에 앉아
안전벨트를..
아싸
앉았다!

불안정한 **안정**

건조하고 눈 아프고 졸립고
다리 저리고 허리 쑤시고
머리 가렵고 배고프지만
그래도 스마일~

골골~

음료 준비해
드리겠습니다~

광대승천근육통

손님, 식사가 원래 고기와 생선이
준비되어 있었으나 고기가
다 소진되어 생선...
제성혜
우왓!
감사합니다!
생선으로
주세요!
원래
생선
좋아하는걸요~

굿초이스

승무원의 하루 1

컵도 날라오고, 욕도 날라오고…
갑질의 온상, 비행기

하루에도 수많은 사람을 상대하는 일이 대개는 그러하듯이, 승무원들도 별의별 일을 다 겪곤 한다. 그중에서도 가장 고질적인 문제 몇 가지가 있다.

1. 승객의 갑질, 제발 그만!

"비행기 안에는 워낙 승객이 많다 보니 여러 명이 동시에 이것저것 요구해요. 한 번에 10명 넘는 승객의 요청을 처리하다 보면 정신없죠. 하지만 한 사람만 놓쳐도 그 사람은 승무원이 성의 없다고 느낄 수 있기 때문에 늘 예민하게 긴장하고 있어야 돼요."

"일반적인 요청들을 처리하는 것만으로도 정말 정신이 하나도 없는데, 그러다 갑질 승객이라도 만나면 정말 혼이 쏙 빠져요. 승무원들을 종 부리듯이 하고, 큰 소리로 명령하는 것부터 애가 지루해하니 놀아달라든지, 메뉴판을 던지는 승객도 있어요."

이유야 어쨌든 승객 불만 신고가 들어오면 항공사와 승무원에게 손실이 크다. 그래서 이런 여러 가지 불평불만에 대해서도 나름대로 대응 요령이 있긴 하다. 그렇지만 돈을 냈으니 엄청난 대접을 받아야 한다는 생각만 조금 고친다면 서로 훨씬 더 편안한 비행을 할 수 있다는 점 역시 분명하다.

2. 기내식 메뉴 중 하나가 다 떨어지면?

"기내식이 보통 두 가지 정도 제공되는데, 그중 한 품목이 먼저 떨어지죠. 그럴 때 '왜 나는 선택권이 없느냐'고 항의하는 승객들이 많은데, 특히 초보일 때는 제일 부담스러운 상황이기도 해요."

이런 상황이 얼마나 자주 일어났으면, 이 상황에서 어떻게 대처할 것인지가 승무원 면접 질문 중 하나라고 한다. "여분을 한번 찾아보겠습니다" 하는 노력을 보여주거나 다음 식사 때 메뉴를 먼저 선택할 수 있게끔 해주는 등의 조치로 승객의 기분을 잘 달래주는 대응이 필요하다는 게 좋은 점수를 받는 대답이라고 한다. 그렇지만 무엇보다 그 상황을 이해해주는 승객을 만나면, 승무원들도 커다란 해방감을 얻는다고 한다.

3. 난기류는 모두 힘들다!

"매일 비행기를 타지만, 난기류를 만나면 저희도 정말 무서워요. 비행기를 아무리 많이 탄다고 해도 적응이 되는 건 아니에요. 자연 앞에 적응이 어딨겠어요."

"승객들의 안전을 책임져야 하니
비행기가 살짝만 흔들려도 초긴장 상태가 돼요.
그 와중에 각종 갑질, 진상에
싫은 내색 한번 할 수 없으니
비행이 끝나면 한동안 넋이 나가더라고요."

비행기만큼 빠른 식사시간
제발
콜 뜨지마라
얌
5분 안에
박살낸다
흡입
흡입
와구
와구
윽..
소화 안 돼...
마이정
안드레

다 먹고살자고 하는 일

비행과 라면 물은 높이 조절이 생명!

눈 감고도
맞출 수 있지

국물이 진해여

덕분에 너무 잘왔어요~

아우~
너무 고생했어요

아, 감사합니다
손님~!

당연히
해야하는
일인걸요~

정지해

즐거운 여행
되세용~

말 한마디로
천마일 피로 녹는다♡

크으 - 이 맛에 비행하지!!

감동의
터뷸런스가..
에잇-눈에서 땀이...
아까
도어열고 싶다 했던거
반성할래-

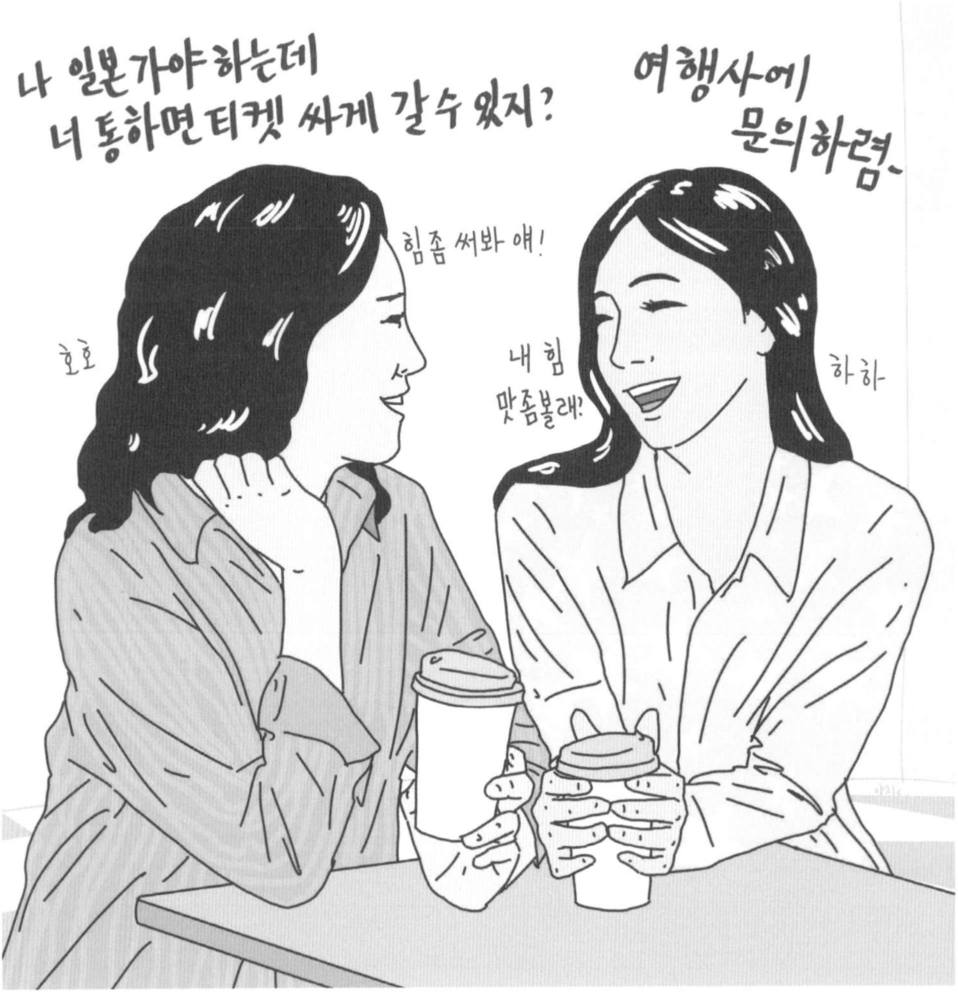

나 일본가야 하는데
너 통하면 티켓 싸게 갈 수 있지?

여행사에
문의하렴~

힘 좀 써봐 얘!

호호

내 힘
맛좀볼래?

하하

이제 그만

오늘도 안비즐비~!
잇힝
안전한 비행!
즐거운 비행!
까르르
나리라

하늘에 가기 전, 하늘에 빌어요

승무원의 하루 2

■

"감사합니다"
한마디면 충분합니다.

■

의외로 승무원이 편한 일이라고 생각하는 사람들이 많은 모양이다. "외모, 학력, 외국어 갖춰서 얻은 직업이 밥 나르고 시중드는 일이냐"는 댓글이 심심찮게 보이는 걸 보면 말이다. 승무원이라는 직업에 대해 사람들이 알고 있는 것은 극히 일부에 불과한 것은 아닐까 싶다. 그러나 우리 앞에서 늘 환한 미소를 지어 보이는 승무원들은 보이지 않은 곳에서 강도 높은 노동을 하고 있다고 호소한다.

"비행 2시간 전에 출근해서 비행기 외부 점검, 항로파악 날씨 등 사전 브리핑을 해요. 그날의 비행에 대해 숙지해야 할 것들이 많아요."

비행기가 이륙하고 나면 비행기 안에 있는 평균 200명 정도의 승객을 서너 명의 승무원이 다 맡아야 한다.

"한 사람 한 사람에게는 비행 중 몇 번 안 되는 콜이라고 생각할 수도 있는데, 사실 200명이 한 번씩만 콜을 해도 200번이잖아요. 게다가 콜이 언제 어떻게 들어올지 모르기 때문에 항상 긴장하고 대기 상태를 유지해야 해요. 장거리 비행인 경우에는 10시간 넘게 긴장 상태로 있다 보니 정말 힘들죠."

승무원들은 근무 환경을 봐도 몸이 상하기 십상이다.

"고도와 시차가 계속 바뀌다 보니 생리 불순을 겪기도 하고, 물병이 찌그러질 정도의 높은 기압차를 자주 겪다 보면 감기만 걸려도 중이염이 생기거나 귀에 이상이 자주 와요."

"거의 대부분의 시간을 서 있거나 걸어 다니고, 무거운 것들을 들고 옮기거나 캐리어를 들어 올리는 일이 많다 보니 허리나 다리가 안 좋은 승무원들이 많아요."

비행이 없을 때는 비행 관련 장비 사용법도 익혀야 하고 비행기마다 서로 탈출구나 구조 방법이 다르기 때문에 각각에 대한 숙지도 필요하다. 비상시 안전 대비를 위한 장비 사용법과 대처 요령에 대해서도 익혀야 하고, 인터넷 장치 등 신형 장비가 도입될 때마다 꾸준히 공부하며 사용법을 습득해야만 한다.

그리고 결정적으로 승무원 업무는 감정노동이다. 승무원들은 기본적으로 좌석에 앉아 있는 승객들을 면대면으로 관리하는 일을 하다 보니 언제나 환한 미소로 그들을 맞아야만 한다. 내 기분과는 무관하게 늘 웃는 낯으로 타인을 대해야 한다는 건 감정노동 직군에 종사하는 이들이 한결같이 겪는 고충이다.

"진짜 뛰어내리고 싶을 정도로 스트레스 받다가도
저희 요청에 웃으면서 협조해주거나,
똑같이 미소로 대해주는 승객 한 분만 만나도
비행 내내 버티는 힘이 돼요."

당신에게 승무원은 어떤 사람인가요?

최초의 승무원은 누굴까? 바로 간호사다. 비행을 꿈꾸었던 한 여자 간호사가 비행기 내부를 관리하는 사람으로 탑승한 것이 승무원의 시초라고 한다. 처음부터 승무원이란 승객의 안전을 책임지는 사람이었으며, 지금도 비행기 안에서의 소방관의 역할을 하는 것이 바로 승무원이다.

비행기 사고는 그 위험도가 상당히 높다. 그렇기 때문에 승무원들은 무엇보다 안전 교육을 철저히 받는다. 승무원들의 업무 대처 능력은 모두의 안전을 위한 필수 요소라 할 수 있다.

최근 승무원들이 인력 부족과 과로에 시달리는 강도가 심해짐에 따라 승객들이 승무원들의 근무환경 개선을 요청하는 일도 늘어났다고 한다. 승무원들이 비행기의 안전을 담당하고 있는 만큼 그들의 컨디션 관리가 승객들의 안전과 직결됨을 알고 있기 때문이다. 하지만 승무원들이 오히려 부가 업무인 서비스에 많이 치중하다 보니 주객이 전도된 상황이다.

이런 현실을 잘 보여주는 것이 바로 외모 평가에 대한 승무원들의 스트레스다. 직장 내에서도 "너 살쪘다"는 등의 말이 서슴없이 오고 간다고 한다. 남성 승무원들도 종종 있지만 전반적으로 승무원 중에는 여성들이 더 많은 비중을 차지하고 있는데, 이들은 24시간 풀 메이크업을 하고 몸에 딱 맞는 유니폼을 입는다. 힘쓸 일도 많고 내내 서 있어야 하는데 구두를 신고 일해야 하니 다리도 잘 붓고 발에 무리도 많이 간다.

승무원들이 우리의 안전을 책임지는 사람이라는 인식이 제대로 갖추어져 있다면, 과연 이렇게 외모에 대한 평가나 요구를 심하게 할 수 있을까? 이미 복장도 안전과는 여러 모로 거리가 멀어 보인다.

최근 들어서는 승무원들의 노동 강도 문제가 화두로 떠오르고 있다. 특히 저가 항공사의 승무원들과 기장들이 혹독한 노동 강도로 고충을 겪는다는 이야기들이 들려온다. 두 달 동안 객실 승무원 네 명이 과로와 현기증, 부분 마비를 동반한 증상으로 실신하는 안타까운 일이 발생했다. 항공사는 인력 부족이 원인이라 했다. 이런 상황에까지 올 정도로 인력이 부족한 이유는 무엇일까.

원래 승무원들은 하루 최대 비행시간이 14시간으로 제한되어 있고, 그런 뒤에는 8시간 휴무가 법적으로 보장되어 있다고 한다. 그러나 실제 이 8시간이란, 비행기에서 내렸다가 다음 비행기에 다시 탑승

할 때까지의 시간이기 때문에, 집이 먼 경우에는 이동하는 데 시간을 다 쓰고, 다음 근무 투입 전에는 브리핑 때문에 일찍 출근하면 두세 시간 정도밖에 쉬지 못하는 경우가 잦다고 한다. 결국 잠도 제대로 자지 못한 승무원들에게 우리의 안전을 떠맡기는 상황이다.

그런데도 전날 밤 비행 이후 다음 날 오전 비행 스케줄이 잡힌다든지, 17시간 연속근무와 같은 살인적인 스케줄이 잡히는 일도 허다하다. 그럼에도 인력 부족과 인사 고과라는 명분 때문에 딱히 반발도 못한다고 한다.

인터뷰했던 승무원들은 하나같이 무릎이나 허리가 아픈 것을 호소했고, 비행기에서 언제 콜이 들어올지 몰라 급하게 밥을 먹느라 소화불량도 잦다고 했다. 그래서 1년도 버티지 못하고 그만두는 승무원들도 역시 많다고 한다.

그런가 하면 승무원들의 고객 응대 요령도 승무원 본인보다는 고객들의 기분을 달래는 데 맞춰져 있다. 앞서 이야기했던 것처럼 기내식 메뉴 문제나 승객이 관심 있다며 명함을 건넬 때의 대응부터, 각종 불만에 대한 대처, 같은 비행기에 탄 연예인에게 사인을 받아다 달라는 요청, 담배를 피게 해 달라는 요구, 체했을 때 손을 따 달라고 하며 신체 접촉을 유도하는 승객이나, 누구는 덥다고 하고 누구는 춥다고 하는 기내 온도 조절 문제 등. 이런 갖가지 상황에 대한 대응 가이드를 보면 "NO"라고 표현하지 않도록 되어 있는 게 대다수다. 정말 불가피한 경우 완곡하게 돌려서 거절하는 정도이지, 대개 말로 잘 달래어야 하며, "제가 최대한 도와드리겠습니다"가 승무원의 기본 어법이다. 어떠한 경우에도 당황하지 않고 미소를 지어야 하는 것도 마찬가지다.

이토록 승객들에게 가능한 한 모든 것을 맞추도록 되어 있으니 승무원들로서는 긴장의 연속이 아닐 수가 없다. 이들이 이렇게 고도 긴장 상태로 장시간 근무를 견뎌내야 하는 이유는 무엇인가. 결국 승객들이, 바로 우리가 편안하고 또한 안전한 비행을 할 수 있도록 하기 위함이 아닌가. 내릴 때, 수고하셨다는 그 한마디 말에 근무시간 내내 쌓였던 긴장이 녹아내린다는 승무원들, 우리의 아주 사소하고 작은 노력 하나면 모두 함께 즐거운 비행을 할 수 있지 않을까?

저도 처음 가는 외국 공항인데 "공항 화장실 어디냐",
"근처 식당은 어디 있냐"며 다짜고짜 질문하는 승객들이 많아요.
"잘 모른다"고 하니, 승무원이 그것도 모르냐며
한심하다는 듯 쳐다보더라고요.
저는 공항 직원이 아니라고요!

비빔밥 없다고 하니 내려가서
만들어오든 사오든 가져오라는 손님…
손님, 지금 여기는 38,000피트거든요….

몇 시간 동안 한번 앉지도 못하고
서비스를 마친 뒤 밥 한 입 먹으려는 순간!
쉴 새 없이 들리는 승객들 콜 소리.
우리 승객들은 내가 밥 먹는 걸 참 귀신같이 아는 듯.
내 몸매까지 신경 써 주시는 우리 승객들 최고!

"비행 어디로 가? 어머 정말 좋겠다!!" …
여행이나 비행이나 똑같다.
어디를 가느냐가 아니라 누구와 가느냐가 중요하다.

승무원은 서비스를 위한 직업 아닙니다.
첫째도, 둘째도 안전을 위한 직업입니다!

3박 4일 일하고 집에 돌아오니 아들이 낯을 가리더라고요ㅠㅠ
생활 패턴이 너무 불규칙하다 보니
집에서도, 일터에서도, 늘 마음 한편이 붕 떠 있는 거 같아요.

장거리 비행할 때, 10시간 넘게 미소 짓고 있다 보면
얼굴 근육이 마비되는 거 같아요.
웃음에 대한 강요가 조금만 덜 해도 좋을 텐데요….

승객이 아무리 무례해도, 말도 안 되는 요구를 받았을 때도,
제 감정을 희생하고 친절하게 응대해야 돼요.
감정이 억압당하는 기분, 서러울 때가 많죠.

우리의 직업적 덕목은 안전한 비행,
원활한 서비스 제공이지 승객의 눈요기가 아닙니다.
"그래서 승무원은 예뻤냐?" 같은 질문은 제발 그만해주세요.

8

Hair, 지지 않아요

"손님 머린 깔끔,
내 손발은 따끔"

머리도 말려주고, 머리도 날려주고, 청소도 도와주고, 드라이기님 최고~

하하~

꼭꼭 숨어도
다 날려주마
머리카락 녀석아

도혜도

이~잉~

스휘시~

샥~

숨은 머리 찾기

머리를 감겨주는
내 머린 떡지고,
지압을 하고 있는
내 어깬 뭉치고..

압
괜찮으세요?

추래희

벅-

네... 괜찮아요

벅-

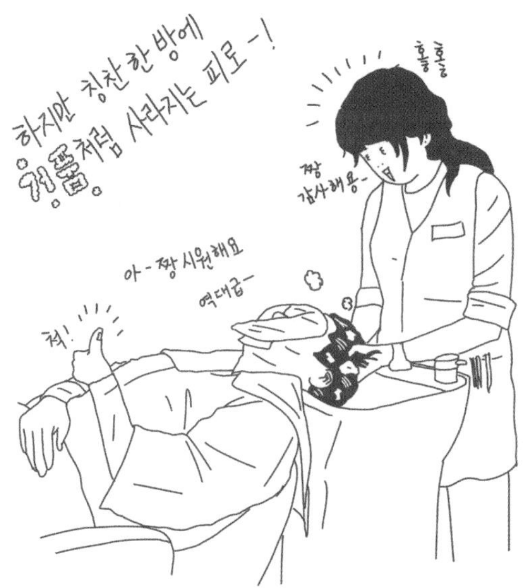

샴푸렌들리

중화독, 샴푸독
콤보...
갈라지고
물 만지고,
또 갈라지고
또 물 만지고...
하하..
또 손이
염색됐엉
손아야
독한놈들...
꼼직-
꼼직-
꼬질-
수난手亂-손이 난리남.

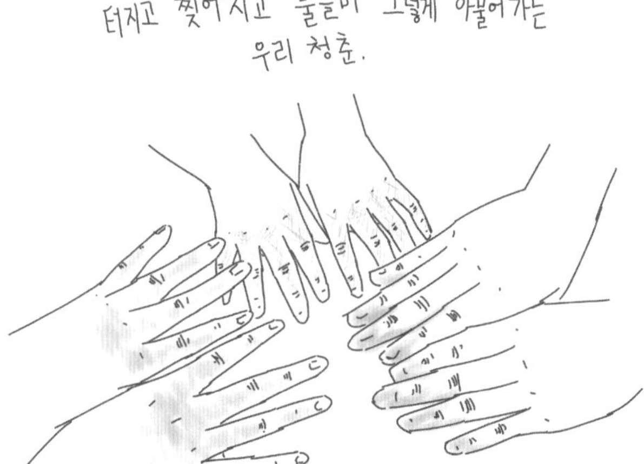

상처는 아물고 내 삶은 여물고

제발가라고 아주 가라고
제발 빠지라고~
그것도 손톱 사이에..
너무 깊게 박혔어요
힝
박코미
낑 낑
내 안을 파고 드는 가시가 되허어~

제발 나와 모발

손님 머리 깔끔,
내 손발은 따끔
헐,
고슴도치인줄..
Hedgehog

털어서 안 나오는 미용사 없다

아싸 뿅~
오늘은
새옷에
아무것도
안묻었...
뿌웃!
어? 선생님-
뒤에
약품
묻었어요
사각
지대
작업복 하나 추가요-!

흑흑(黑黑)

미용사의 하루 1

■

우리가 모르는
미용사의 사정

■

미용실에 가면 대부분 검은색 옷을 입고 있어서 처음에는 '이 미용실 드레스 코드가 블랙인가?' 했었는데, 나름의 사정이 있었다.

"저 검은색 안 좋아해요ㅠㅠ 화학 약품 때문에 옷이 망가지는 일이 비일비재하다 보니 어쩔 수 없이 검은색 옷만 사게 되더라고요."

그들은 미용사들에겐 적어도 옷에 있어서 취향을 따지는 건 사치라고 말했다.

게다가 미용사는 아마도 가장 피부앓이를 많이 하는 직업 중 하나일 것이다. 임신하면 펌이나 염색을 할 수 없다. 그만큼 약품이 독해서

인데, 이 독한 화학 약품을 일하는 내내 손에 묻혀야 하다 보니 샴푸독, 중화독으로 고통을 받는다.

"나름대로 관리하려고 보습을 꾸준히 하는데도, 한포진에 걸릴 때도 있어요. 진짜 가렵고 수포도 생기고, 그 손으로 또 일해야 하니 진짜 괴로워요."

일하는 내내 서 있어야 하는 직업인 만큼 하지정맥류에 시달리고 항상 팔을 들고 고정된 자세로 일을 하다 보니 근육에서 미세한 출혈이 일어나 마치 온몸이 멍든 것처럼 보이는 점상 출혈 증상이 나타나기도 한다.

그뿐 아니라, 수시로 손가락에 박히는 머리카락들 역시 그들을 괴롭힌다.

"손에 가시 박히면 정말 신경 쓰이고 따갑고 괴롭잖아요? 저희는 머리카락이 수시로 손에 박히는데, 시간이 없어서 박힌 채로 일할 때도 많아요. 믿기 어렵겠지만. 그것 때문에 병원에 가는 경우도 있어요."

한편 미용사들은 자신들이 진상 손님을 이해하는 유일한 직업이라고 말한다.

"손님들이 헤어스타일 마음에 들지 않는다고 울거나 화낼 때, 해달라는 대로 해줬을 뿐이니 억울하기도 하지만 한편으로는 이해가 가기도 해요. 머리하러 갈 때 누구나 엄청 기대하기 마련인데, 기껏 하고 났더니 마음에 안 들면 얼마나 속상한지 너무 잘 아니까요."

이들은 서비스직이기도 하지만 그 이전에 아티스트이기 때문에 결과물에 대한 스스로의 만족도가 중요하다. 하물며 손님들은 오죽할까. 물론, 모든 진상들이 다 이해가 간다는 건 아니다.

"진짜 최선을 다 했는데도
결과가 잘 나오지 않을 때가 있어요.
손님이 속상한 것과 마찬가지로
스스로도 엄청 속상해요.
어쩌겠어요. 연습만이 살 길이죠."

괘…
괜찮음…?
아.. 하…
그… 그럼요…
바들
바들
수월해진 드라이
수척해진 긴 다리

드라이각

전…괜찮습니다…
선생님..
낑~
낑~
이긍~
내 키에
맞추느라
고생 많네
후들
후들
후들
I believe
I can dry~

키 포인트

드라이로 감추는 허기의 소리

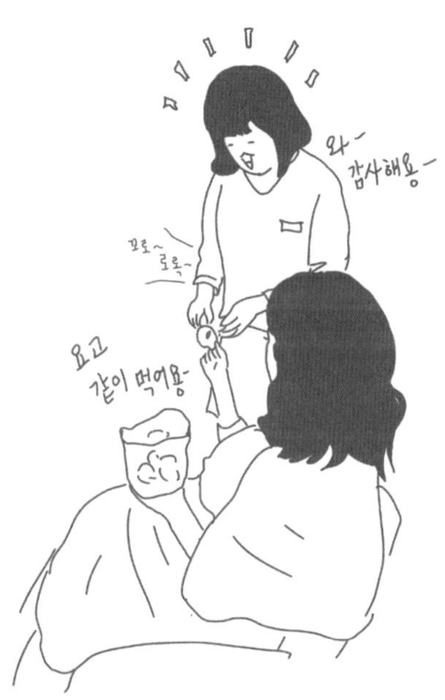

헝그리드라이어

머리와 머리를 맞대고
야간 머리 연습 중
잘 부탁해
통가발 씨~
모리스
(잇힝~
잘부탁해)

포기를 모르는 남자

10년은
젊어보여
할무니~
우리 손주
실력 좋네~
FAMILY
호호~
오구오구
내새끼~
LOVE
이러려고 미용했나
행복감 들어 ~♥

행복Hair

미용사의 하루 2

일에 대한 자긍심 없이는
버텨낼 수 없는 혹독한 머리싸움

미용사, 그냥 눈으로 보고 적당히 예뻐 보이게 만드는 작업이라고만 생각하면 오산이다.

"도해도라고, 두상을 각 부위별로 나눠서 그림으로 그려보는 연습을 꾸준히 해요 미용사 자격증 준비할 때만 공부하는 게 아니라, 미용사가 된 뒤에도 계속 연습해야 해요."

미용사 자격증을 딴다고 해서 곧바로 미용사가 되는 것도 아니다. 자격증을 딴 다음부터는 스탭으로 인턴 기간을 거치게 되는데, 그러한 시기를 보통 2~5년 정도 거친 다음에야 정식 미용사가 된다.

"샴푸 업무, 중화제나 염색약 바르기 등 이런 것들도 되게 자질구레

한 일처럼 보이지만, 이 기초가 정말 중요해요."

하루 일과 시간은 10시간 이상이다. 10시간 이상 일하고 난 뒤 계속 남아서 연습하는 날들이 거의 매일 이어진다.

"영업이 끝나면 그때부터 또 연습 시작이에요. 세미나나 헤어쇼에 꾸준히 참석하면서 실력을 키우려는 노력도 해야 하고요."

미용사로 자리를 잡으려면 손님과의 유대 형성 또한 중요하다. 단골 고객을 만들어야 하기 때문에 초반에는 SNS 등을 활용해 스스로를 계속해서 홍보해야만 한다. 그렇게 고된 날들이 이어지는 중에도 손님들이 만족해하는 모습을 볼 때 느끼는 보람과 성취감은 이루 말할 수 없이 크다고 한다. 미용사들은 그렇게 오늘도 직업에 대한 자부심을 바탕으로 스스로를 업그레이드시켜 가고 있다.

"자기 업으로, 자부심을 갖고 일하는
미용사들 정말 많아요.
자긍심이 없이 쉽게 할 수 있는 일이 아니에요.
그러니 미용사에 대한 낮은 시선을
조금 거둬주면 좋겠어요."

당신에게 미용사는 어떤 사람인가요?

연인 사이란 서로 바라보는 것이 아니라 같은 곳을 바라보는 것이라 했던가. 연인이 아니어도 그런 관계가 있으니 바로 미용사와 고객들이다. 고객에게 가장 어울리는 머리라는 같은 목표를 향해가는 것이다. 미용사는 대표적인 서비스직 중 하나다. 머리를 잘 만지는 것 이상으로, 고객과의 소통이 무척이나 중요하다. 소통한다는 것은 단순히 미소를 지으며 응대하는 것이 아니라 고객이 원하는 바를 정확히 알기 위해 계속해서 이야기를 나누며 고객이 원하는 바를 파악해야 한다. 미용실에 오는 손님들이 어떤 머리 모양을 원하는지 파악하기 위해서 일부러 머리를 하기 전에 길게 상담을 하는 미용사도 있다고 한다. 상담을 하다 보면 어떤 헤어스타일을 할 것인지로 30분 넘게 이야기가 이어지는 경우도 있다고 한다. 변화를 주고 싶은데 딱히 어떤 스타일로 해야 할지 모르겠는 손님한테는 그 사람에게 어울리는 스타일을 함께 찾아주는 과정을 거치기도 한다. 그렇기 때문에 고객의 세세한 요구 사항을 끈기 있게 들어주는 것 역시 미용사의 기술이라 할 수 있다.

미용사들은 거울을 통해서 머리를 하는 동안에도 계속해서 고객의 표정을 살핀다. 의자에 앉은 고객은 거울을 통해 자기의 머리가 어떻게 완성되는지를 지켜본다. 그렇게 늘 고객의 눈치를 살피다 보니, 미용사들은 거울 속 고객들의 표정만 봐도 그들의 기분이나 상태를 읽어내는 것이 몸에 배어 있다.

미용사는 서비스직이자 아티스트다. 몇몇 성공 사례를 바탕으로 인식을 변화시키며 노력한 결과 지금은 아티스트로 대하는 경우가 점점 늘어나고 있기는 하나, 여전히 직업 자체에 대한 전반적인 인식 향상은 이루어지지 못했다.

전문기술직에 대한 사람들의 편견도 무시할 수 없다. 전문직업학교는 성적 낮은 사람들이 가는 곳이라고 쉽게 생각하고 그들이 미래에 대해, 직업에 대해 얼마나 진지한 목표를 지니고 있는지, 자신의 꿈을 위해 얼마나 많은 노력을 하는지는 묻혀 버리고 만다.

직업에 귀천이 없다고 말하지만 대학교를 졸업해야 들어갈 수 있는 직업과 그렇지 않은 직업은 다르며, 벌이도, 대접도 같을 수 없다는 편견이 있는 한 이러한 격차는 고정될 수밖에 없다.

그런가 하면 미용사들이 느끼는 업무 강도 역시 만만치 않다. 하루 10시간 이상 서서 일해야 하며, 자세가 고정되어 있다 보니 항상 몸에 긴장이 배어 있다. 남들 쉬는 날 일해야 한다는 것도 그들 삶의 질에 미치는 영향이 크다.

특히나 어시스트일 때에는 급여가 100만 원 내외로, 미용사들 사이에서는 열정페이가 관행이라는 비판이 나올 정도이다. 게다가 실력을 키워가려면 별도의 교육비가 들고, 계속해서 연습을 하지 않으면 안 된다.

게다가 고객이 언제 들어올지 모르기 때문에 미용사들 역시 식사를 편하게 하기가 어렵다. 머리 하러 오는 고객들이 식사 시간을 기다려 줄 리가 없으니까. 점심시간을 피해서 2시나 3시에 방문해도 그 시간에 늦은 식사를 하다가 급히 나오는 모습을 보는 일이 부지기수다. 그렇게 높은 업무 강도 속에서도 쉬는 날이나 퇴근 후 시간이 있을 때마다 실력을 키우기 위한 노력을 하지만 나이가 들수록 설 자리는 점점 없어진다고 한다. 미용실에서는 보통 젊고 힘 좋은 초보 스탭들을 더 선호하기 때문에 직접 가게를 차리지 않는 한 나이가 들어서도 안정적으로 일하기는 어렵다고 한다.

한 사람의 손님이 가게에 들어와서 떠날 때까지 그들의 머리를 손으로 어루만지고 눈으로 대화를 하는 일, 그럼에도 직업에 대한 존중을 받기 힘든 이 일은 갈수록 더욱 도전적인 상황에 맞닥뜨리고 있다.

게다가 여전히 도제 시스템이 남아 있다 보니, 누군가의 밑에서 일하는 스트레스가 다른 직종에 비해 더 클 수밖에 없다. 결국 직접 가게를 차리는 사람들이 점점 늘어나는데, 경쟁 업체가 많아질수록 단일 업체로 생존력을 갖추는 것은 쉽지 않은 상황이라, 미용사 역시 안정적이라 보기는 어려운 직업이다.
박봉이면서 직업병이 많은 직업으로도 꼽힌다는 미용사. 지금도 주변에서 오래 미용사 일을 하고 있는 사람이 있다면, 그 사람들이 어떤 과정을 넘기고 지금에 이르렀는지 한 번쯤 생각해봄직하다.
별 기술 없이도 할 수 있는 일이라 쉽게 덤벼들어 적당히 살아남은 사람이 아니라, 열정과 인내로 그 어려운 시기를 다 넘겨온 한 사람의 모습을 그들에게서 볼 수 있을 것이다.

고객들이 미용사의 스타일을 많이 보기 때문에,
출근 전에 머리부터 발끝까지 신경 써서 세팅해야 해요.
특히 매일매일 헤어스타일에 신경을 많이 쓰죠.
그렇게 하루를 시작했을 때, 오시는 손님들마다
"선생님, 헤어스타일 멋있어요.
무슨 색으로 염색하신 거예요?"라고 물을 때
스타일을 인정받는 것 같아 어깨가 으쓱합니다.

"헤어스타일 하나에 외모가 90퍼센트 달라진다는 말"이
미용사로서 굉장히 큰 자부심을 느끼게 해요.

별 거 아니지만 "너무 마음에 들어요!"라는 말 한마디에
피로가 사라지는 건 물론이고, 그런 날은 의욕이 더 생겨서
일을 마치고 더 오래 연습하게 돼요.

너무 심하게 손상된 모발은 저희도 어떻게 할 수가 없어요.
실력이 부족해서라고 생각하지 말아주세요.

공부 못해서 이 일 하고 있냐는 소리 많이 들었어요.
무시하는 듯한 시선도 많이 받았고요.
그나마 요즘에는 그런 편견이 조금씩 줄어드는 것 같아서 다행이지만,
계속해서 미용사에 대한 시선이 긍정적인 방향으로 바뀌길 바랍니다.

하루 종일 서서 일하고,
고객들이 계속 몰려오니 밥은 늘 급하게 먹어요.
에너지 소모가 크니까 배는 너무 고픈데,
또 짧은 시간에 빨리 먹어야 하니까 맨날 체하고… 반복이에요.

고객과의 커뮤니케이션이 굉장히 중요한 직업이에요.
아무리 기술이 뛰어난 미용사라고 해도
소통을 어떻게 하느냐에 따라 고개들의 만족도가 다르고,
어떤 경우에는 정신적인 고통이 따르기도 하는 직업이죠.

인턴으로 일하고 있는데,
디자이너까지 가는 길이 정말 고되고 힘들어요.
육체적, 정신적 노동은 물론이고 따로
감수해야 하는 비용도 만만치 않고,
가외 시간 하나 없이 계속 연습하고 또 연습해야 돼요.
그래서 중도하차 하는 인턴들도 많아서 안타까울 때가 많아요.

주말, 휴일에 가장 바쁘다 보니,
친구들 결혼식에 대부분 참석하지 못해요.
인간관계가 갈수록 좁아지는 게 느껴지면,
'내가 뭘 위해서 이렇게 일하고 있나?' 싶을 때가 많죠.

잡 JOB
다 多
한
컷

특별편
스물 패기 하나

졸립苦,
배고프苦,
무겁苦...

苦三...
고삼...

늦었... 꿈...

고된 삼

왜 자꾸 한숨을 쉬냐...?

한 '숨'이라도
쉬었다 가고 싶어서...

휴~

休~

마다텅

이기출

쉴 땐 역시 웹툰 ㅋㅋ

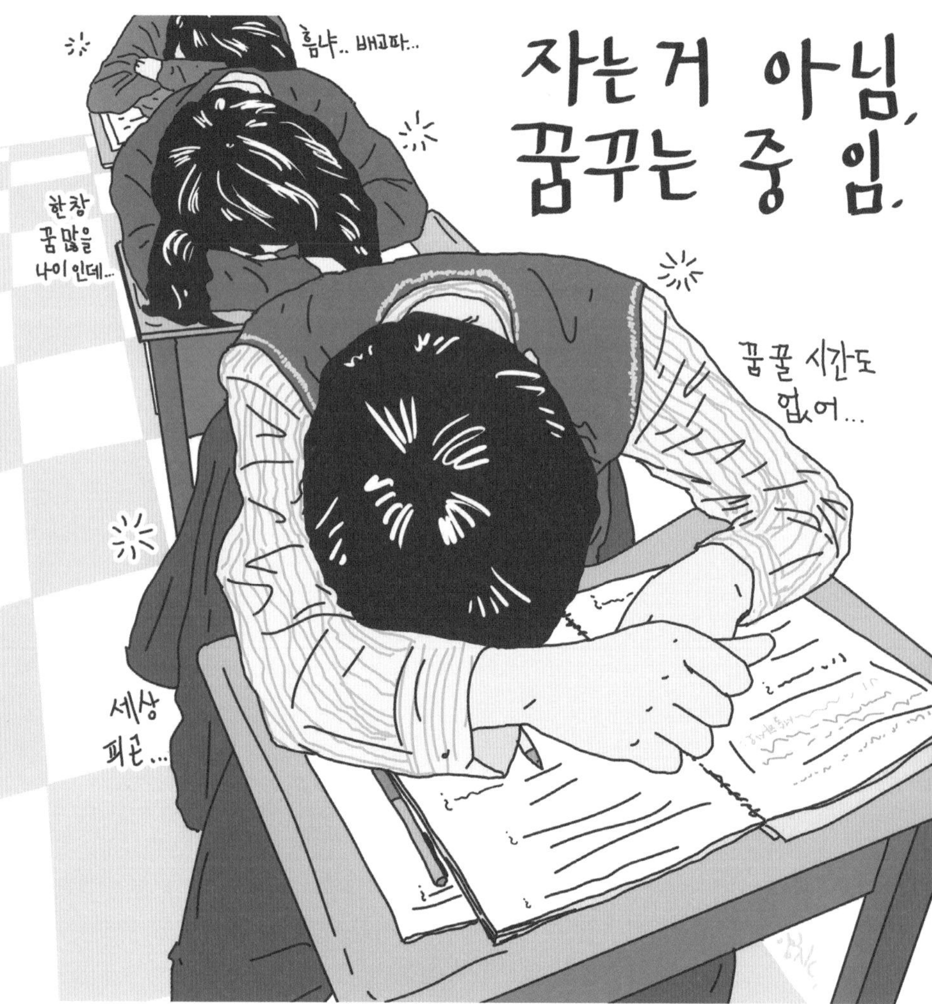

자는거 아님,
꿈꾸는 중임.
흠냐.. 배고파...
한창
꿈많을
나이인데...
꿈꿀 시간도
없어...
세상
피곤...

꿈꾸는 삶

이 많은 문제의 답을 구하면
내 많은 문제의 답도 구해질까?
너무 어렵다...
문제도... 현재도...

답,답,해

달려라! 마치 오늘이
마지막 점심시간인 것처럼...
아싸! 오늘 스파게티에
탕수육~
실화냐?
하하
오예~
수다날~
허기진
두번
먹어야징~
꼬로록~
꼬로록~
꼬로로록~

점심시간

아ー
졸립 졸려
서서히 졸음이 몰려오면,
서서 졸음을 몰아낸다

선삼님

옆집 OO는 OOO점 맞는다네?
인서울 해야지 인서울
생기부 더 채워야지?
아빤 딸만 믿는다!
휴~
힘들단 말도 사치일까...
기대가 많아지니, 기댈곳 없어지네...

꾸물거리는 거 아녜요.
꿈을 거는 거예요.

네게 기대 말고 내게 기대

지금이 아니면
수놓을 수 없는
야속히도 빠른 시간...
힘들어도 미소짓는
내 빛나는 시절, 열아홉.
아잉~
쁘이~♡

고3 화이팅!

힘듦과 인내의 고유명사가 되어버린 그 이름, '고3'

꿈 많고 에너지 넘치던 그 시절. 친구가 좋고, 호기심 많고, 작은 일에도 웃음꽃이 피던 찬란했던 고3 시절, 그 시절 생각에 지금도 입가에 미소가 번지는 걸 보면 아마도 더 반짝이는 무언가가 우리에게 있었다. 그 시절에는.

〈잡다한컷〉 연재를 하던 2017년은 내 막둥이 동생 지수가 고3이었던 때다. 자주 만나서 이야기를 나누지는 못했지만 그 고생과 답답함을 왜 모르랴. 동생에게 "힘내"라는 말 대신, 작은 위로를 전해주고 싶어 그리게 된 것이 바로 이 '고3'편이다.

개인적인 사정으로 동생과 떨어져 살고 있기에 주로 카톡으로 대화하는데, 늘 메시지를 보낸 지 한참 지나 밤늦게야 답장이 오곤 했다. 동생에게 "많이 바쁘냐" 물으니, "오빠, 나 카톡 확인은 밤늦게만 할 수 있어. 고3 들어오면서 2G폰으로 바꿨거든. 미안"이라는 답장이 왔다.

그 메시지를 보며 고3, 10대의 그 찬란하고 아름다운 마지막 시기를 '자신의 좀 더 나은 미래를 위해 하고 싶은 것도 참고 스스로 다스리고 있구나' 하는 생각이 들었다.
그려지지 않는 미래, 하고 싶은 게 뭔지 찾지도 못한 채 그저 어른들이 정해준 방향대로 앞만 보고 달렸던 시간들, 하지만 노력만큼 따라오지 않는 결과들. 그럼에도 자신에게 향해 있는 기대에 부응해야 한다는 책임감… 아마도 인생의 쓴맛을 참 혹독하게 느끼게 해주는 시절인 것 같다.

후배와 은사님의 도움으로 여러 고3 학생들을 인터뷰할 수 있었다.
"대학만 가면 뭐든 할 수 있을 것 같아요!"
"다들 참는데 당연히 참아야죠. 부모님과 선생님이 기대하고 있는데 실망시킬 순 없잖아요."
"좋아하는 건 대학 가서 하면 되죠. 지금은 일단 수능에 올인하는 게 맞는 것 같아요."
장난기 가득한 말투와는 달리 사뭇 진지한 눈빛으로 이야기를 하는 그들을 보며 그 어떤 직업군보다도 힘든 시간을 참고 견디고 있다는 생각에 한편으론 대견하고 또 한편으론 짠했다.
대학, 배울 것이 있음은 분명하고, 20대를 더욱 풍부하게 만들어주는 곳이라는 생각에는 변함이 없다. 하지만 대학이라는 곳에 대해 맹

목적으로 심어주는 환상과 의미부여가 고3들, 아니 10대들의 미래를 결정하는 데 과연 얼마나 도움을 주고 있는지에 대해 한번쯤 생각해봐야 하지 않을까 싶다. 뻔한 말처럼 들리겠지만, 분명한 건 이들이 우리의 미래이니까. 그리고 어느 시간이나 마찬가지겠지만 고3, 그 찬란한 시간은 다시 돌아오지 않으니까….

더 많은 꿈을 꿀 수 있도록, 좋은 대학이 아닌 원하는 길을 찾을 수 있도록, 그래서 좋아하는 일을 직업으로 삼고 나아가 행복한 삶을 살 수 있도록 좀 더 따뜻한 시선으로 바라봐주는 것이 이들에게 가장 필요한 것이 아닐까 싶다.

두 가지 원을 그려봤습니다.

왜이렇게 늦어요?
서비스가 엉망이구만-
일처리 제대로 안해요?
아-참- 오래 걸리네-
진짜 최악이야-
고객을 뭘로보는거야?
씩-씩-
왜 일을 이렇게 하나 몰라-
사장 나오라해!
손님이 왕인거 몰라욧?
똑바로 해욧-!

오해의 원

힘드실텐데
쉬엄쉬엄 하세요-
화이팅 하세요-!
박수-박수-
덕분에 잘 처리됐습니다-
아이고-
수고가 많으십니다-
늘 고생하십니다!
감사드려요-
찬찬히
해주셔도
돼요-
일하시는 모습
멋져요-
최고십니다!
항상 고마워요-

이해의 원

여러분은 어떤 원 안에서 살고 계신가요?

"급하게 처리할 게 있어서 문 닫기 전에 겨우겨우 시간 맞춰서 은행에 갔는데,
은행 직원이 조금 짜증 섞인 말투로 대하는 거야.
처음엔 좀 미안한 마음이 있었는데 이런 식으로 대하니 나도 조금 짜증이 나더라고.
근데 그 은행원이 자리에서 일어나는데 임산부인 거야.
그때 너가 그린 그림이 떠오르면서 '아… 저 상태로 하루 종일 일했으니 얼마나 힘드셨을까' 싶더라고.
그래서 내가 '힘드시죠? 다음부턴 일찍 오겠습니다'라고 말을 건넸더니
그 은행원도 미안했는지 '더 도와드릴 일 없느냐'고 친절하게 대해주시더라고.
진짜 서로 조금만 이해하고 대하면 짜증낼 일이 하나도 없겠구나 싶더라."

지인에게 이 말을 들은 후 잡다한 컷을 작업하게 되었습니다.
전 그림 한 컷의 힘을 믿으니까요.
여러 직업군을 만나면서 이런 생각이 들었어요.
결국 우리 모두 각자의 자리에서 각자의 직업을 갖고 열심히 살아가고 있고, 그 안에서 서로의 직업에 대한 이해가 조금이라도 생긴다면 짜증내고 스트레스 받는 일들이 꽤 많이 줄어들지 않을까 하는 생각.
좋은 행동이든 나쁜 행동이든 결국은 다 자신에게 돌아오게 되어 있다는 것을 살아가면서 점점 느끼게 되는 것 같습니다.
이제 우리 함께 이해의 원을 살아보는 건 어떨까요?

"고생했어, 일하는 우리!"

고생했어, 일하는 우리
잡JOB 다多 한 컷

초판 1쇄 발행 2018년 4월 2일 **초판 2쇄 발행** 2018년 5월 1일

지은이 양경수
펴낸이 연준혁

출판 2본부 이사 이진영
출판 2분사 분사장 박경순
책임편집 정지은
디자인 하은혜

펴낸곳 (주)위즈덤하우스 미디어그룹 **출판등록** 2000년 5월 23일 제13-1071호
주소 경기도 고양시 일산동구 정발산로 43-20 센트럴프라자 6층
전화 031)936-4000 **팩스** 031)903-3893 **홈페이지** www.wisdomhouse.co.kr

값 15,000원 ISBN 979-11-6220-351-4 03810

국립중앙도서관 출판시도서목록(CIP)

(고생했어, 일하는 우리) 잡job 다多 한 컷 / 지은이: 양경수.
— 고양 : 위즈덤하우스미디어그룹, 2018
p. ; cm

ISBN 979-11-6220-351-4 03810 : ₩15000

일러스트레이션[illustration]
수기(글)[手記]

650.4-KDC6
750.2-DDC23 CIP2018009170